古都妖異譚
玉手箱
～シール オブ ザ ゴッデス～
篠原美季

装画・蓮川 愛
装幀・須貝美華

CONTENTS

KOTOYOITAN

TAMATEBAKO
〜seal of the goddess〜

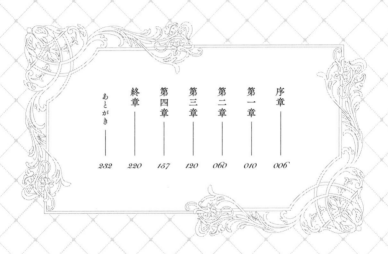

シモン・ド・ベルジュ
フランス貴族の末裔。実務に優れた美貌の貴公子。ユウリの親友でパリ大学卒業後、母方の一族が経営する会社でCEOとなる。
ユウリ・フォーダム
イギリス貴族の父、日本人の母を両親に持つ。霊や妖精が見えるなど、不思議な力を持っており、そのせいでトラブルに巻き込まれがち。

コリン・アシュレイ

豪商アシュレイ商会の秘蔵っ子。傲岸不遜で博覧強記。とくにオカルトには強く興味を惹かれている。ユウリを召し使い扱いしている。

CHARACTERS

KOTOYOITAN
TAMATEBAKO
~seal of the goddess~

序章

（こんな世界が、まだこの地球上に残されていたとは……）

男は、美酒に酔《よ》い痴《し》れながら思う。

きらびやかな館《やかた》。

舞い踊る美しい女たち。

出される食事も飲み物も、彼がこれまで口にしたことのないような素晴らしいものばかりである。

（ティル・ナ・ノグ——）

彼の母国では、このような場所のことを、そう呼んでいた。

常若《とこわか》の国。

人々が決して老いることのない国だ。

（そう。小さい頃に絵本などで見た、詩人オシーンが連れていかれたという、あの妖精《ようせい》たちの住まう国というのは、きっとこんなような場所だったのだろう）

ただし、今、彼を接待してくれているのは、金髪碧眼《へきがん》の妖精たちではなく、黒絹のような美しい髪をしたたおやかな女性たちだ。

色を重ねた衣《きぬ》のしなやかな動き。

金糸銀糸の織りなすあでやかな文様が、その動きに合わせてきらびやかに輝く。

そこへ持ってきて、つややかな真珠や貝殻を連ねたアクセサリーが、おのれを誇張することなく、全体をきりりと品よくまとめあげている。

(なんとも色気がありながら、実に典雅であることだ)

男は感嘆する。

ライト兄弟が初めて空を飛んでから、およそ半世紀。

世の中は旅客機が飛びかう時代へと突入し、海外への渡航も以前ほど大変ではなくなっている。

事実、彼も、客船ではなく、飛行機に乗ってこの国へとやってきた。

百年近い昔、彼の先祖がこの地に足を踏み入れた時とはなにもかもが変わっているとはいえ、この島国の神秘性だけはいまだ衰えてはいないようである。

先祖の冒険譚《たん》を幼い頃から耳にしていた彼は、いつか「黄金の国」と謳《うた》われたジパングを訪ねてみたいと思っていて、今般、それがようやく実現したわけだが、その素晴らしさは、思っていた以上であった。

（これぞ、まさに、僕が焦がれていた東洋の神秘そのもの――）

夢なら覚めないでほしい。

願うものの、始まりがあれば、終わりは必ずくるのが世の習いというもので、素晴らしい時間もついには終了する。

（ああ、本当に）

なんと残念なことであろうか。

名残を惜しむ彼に残された希望は、たった一つ――。

彼をこの場所へと誘った女がくれた小箱と警告の言葉。


ゆめゆめ、忘れることなかれ。

それを解いたら最後、そなたは二度と……。


（はて？）

我に返った男は、ふと思う。

別れを名残惜しんでいた時に女に耳元で言われた言葉の正確な内容が、月日を経た今となっては、実に曖昧《あいまい》で思い出せない。

（それを開けたら最後、そなたは二度と――のあとは、なんと言われたのか）

思い出せないまま歩いていた彼は、角を曲がったところで以前に訪れたことのある店の扉を見つけてホッとする。

(ああ、ここだ)

(よかった、まだあった)

(ちょっと扉の感じが変わったようだが……)

それは、それ。

長い年月の間には、模様替えの一つもするだろう。

それでも、彼には、ここがあの場所だという確信があったし、なぜかはわからなかったが、ここに来ればすべてがあるべき場所に戻るような気がしていた。

ここに来れば、なにも問題はない。

(あとは――)

わからないまま、彼は一人の男が入っていくのを追うようにして、店の中へと踏み込んだ。

第一章　それぞれの幕開き

1

　カラン。

　扉が開く音に顔をあげた青年は、そのまま若干緊張気味の表情で待つ。

　だが、待てど暮らせど、客がやってくる気配はない。

　おそらく扉を開けたまではよかったが、はたして入っていいものかどうかで悩んでいるのだろう。

　さもありなんで、彼のいる奥まった場所からは見えないが、小さな玄関広間にあるのは洒落《しゃれ》た長椅子《ながいす》一つで、あとは、これまた小洒落た照明がさがるだけのガランとした空間であるため、通りに面したショーウィンドウにつられて扉を開けた人間は、自分が場違いなところに来てしまったと慌て、その場で引き返してしまうのだ。

今も、結局すぐにふたたびカランという音が聞こえ、客が出ていったのがわかる。

そこで溜息《ためいき》をついた青年は、読みかけの本を取りあげながら思った。

（……本当に、これでいいのかなあ？）

黒絹のような髪に漆黒の瞳《ひとみ》。

東洋風の顔立ちは、決して目を引くほど整っているわけではなかったが、ほっそりとした首筋などに匂《にお》い立《た》つような清潔感があって、それが彼をどこか浮き世離れした孤高の存在に仕立てている。

顔がどうのというより、全身から美しさがにじみ出ているような青年だ。

装いはカジュアルで、コットンパンツの上に格子柄のシャツを合わせ、そこに丈の長い夏用カーディガンをまとっている。

彼の名前は、ユウリ・フォーダム。

ロンドンのウエストエンドに店を構える骨董店《こっとうてん》「アルカ」の店主である。とはいえ、あくまでもにわか店主に過ぎず、骨董品についてはド素人に近い。

事実、彼の本来の役割は別にあり、店にはただいるだけでいいのだが、それでも、扉が開くごとに内心でひやひやしてしまうのは、元来の生真面目《きまじめ》さゆえだろう。

その証拠に、彼が手にしているのは、骨董品売買についての指南書だ。

そんな努力などしなくても、彼がここで店番をするようになってからというもの、骨董品を求めて客が来たことは数えるほどしかなく、そもそものこととして、この店のオーナーには骨董品の売買で稼ごうなどという気はさらさらないのだ。

つまり、この店自体、骨董店とは名ばかりの、ある種「倉庫」のようなものだった。

それなら、なぜ店を構えているのかといえば、それにはそれなりの深い事情がある。

そして、その事情ゆえに、彼はここにいる。

(……たしかに、ヒマな時間は嫌いではないから、いいんだけど)

のんびり屋の彼は、ぼーっとしているのが苦にならない。

気づけばぼーっとしているうちに一時間くらい経《た》っていることもままあるが、そんな彼でも、さすがにこれはどうかと思う。

大学時代のように大量の宿題があるわけでもなく、かといって事務作業などの労働に追われるわけでもない日々はユウリにしても初めてで、なにもしていない自分に対し、心のどこかで罪悪感のようなものを覚えてしまう。

その反動もあってか、店内は隅から隅までピカピカに磨き上げられ、骨董店というよりは、手入れの行き届いた教会堂にでもいるような清々《すがすが》しさである。

基本、整理整頓《せいとん》の得意なユウリではあったが、ふだん、ここまですることはない。

つまり、どれだけ暇を持てあましているかの証拠である。

しかし、実は商売をするうえで、整い過ぎた空間というのは人をそわそわと落ち着かなくさせ、客足を遠ざける理由の一つになるのだが、もちろん、そんなことは、ユウリが知るところではない。

気を取り直して、本に集中しようとした、その時だ。

ふたたび、入り口のほうでカランと音がした。

どうせまたすぐに出ていってしまうだろうと高をくくっていた彼は、続けて足音荒く男が入ってきたため、慌ててソファーから立ちあがる。

「いらっしゃ――」

「おい、店主はどこだ！」

出迎えの言葉に被《かぶ》さるように、客の怒鳴り声が響く。

中肉中背。

薄くなった白髪は風になぶられたかのように乱れていて、その顔は興奮のために赤く上気している。

なにより、全身から湧《わ》きあがる怒りの波動がすごい。

「……あ、えっと」

とっさにどぎまぎしてしまったユウリは、相手が想定している「店主」とは明らかに違うだろうなと覚悟しつつ、答えた。

「店主は、僕ですが」

「は？」

案の定、相手はじろりとユウリを眺めまわし、「はん」と鼻で笑って言い返す。

「お前なわけがないだろう」

おそらく、外見で判断したうえでの見解だ。こんな一等地に店を構えられる人物とは見てもらえなかったらしい。

そのあとで、男は事実に即した説明をする。

「それに、聞いたところでは、店主はそれなりに年のいった男らしいし。……名前は、たしか、ミスター」

男が思い出す前に、ユウリが言う。

「ああ、それなら、以前、この場所で店を構えていた方のことだと思いますが、今は引退なさってこちらにはおりません」

「引退？」

「はい」

「なるほど。それで、こんなもんを送りつけてきたのか。――って、ふざけんな！」

ふたたび怒鳴った男は、手にしていた紙袋をテーブルの上に投げ出す勢いで置き、さらに懐から取り出した書類をその横に叩《たた》きつけて、ユウリに対して文句を並べる。

「こんな書類一つで終わらせようなんて、いったいどういうつもりだ！　冗談にしても笑えない！　だいたい、あんたらは、これがどんなものか、わかっているのか⁉」

「いや、えっと」

もちろん、彼はわかっている。

以前の店主のことも、ここがどういう場所であったかも――。

「ミスター・シン」の店。

ここは、以前、人々からそう呼ばれ、ヨーロッパのみならず、海を越えたアメリカなどからも密《ひそ》かに訪れる客が大勢いた。

今と同じように、一見すると骨董品を扱うような店構えであったが、その裏では、知る人ぞ知る、著名な霊能者であるミスター・シンが、持ち主が扱いに困るいわくつきの品物を引き取ったり、場合によっては預かったりしていたのである。

ところが、そのミスター・シンが、あることをきっかけに事実上引退を余儀なくされたため、品物は持ち主に返され、店もなくなった。

ただ、当然返しきれないものもあり、それらはこの店の地下倉庫に眠っている。

それらの事情を理解したうえでこの店の新たな店主となったユウリもまた、実を言えば霊能力の持ち主で、しかもその力量たるや計り知れない。

とはいえ、それは万人が知る必要のないことで、以前の店については、事後処理がすべてすんでいるため、ユウリはここでただ「知らぬ」「存ぜぬ」を通せばいいだけのことなのだが、白《しら》を切るには素直で親切なユウリがとっさに言い返せないでいると、それをどう見たのか、男は図に乗ってさらに声を荒くした。

こうなると、たとえそれが正当な言い分でも、ただのいちゃもんと化す。

「いいか、こっちは扱いに困るからこそ、金を出してまで預かってもらうことにしたはずなのに、今さら、置いておけなくなったからって送り返すなんて、身勝手過ぎる。一度は引き取ったものなんだから、責任を持って預かってもらわないと！」

「はあ」

「そういう契約になっていたはずだ!!」

「……そうなんですね」

ユウリは困ったように応じ、チラッと店内の防犯カメラのほうに視線を走らせる。

だが、だからといって、都合よく助け手が現れるわけでもなく、客はただただ怒り続けた。

「とにかく！」

ふたたびダンとテーブルが叩かれ、その音にビクリとしたユウリに、客が無作法にも指を何度も突きつけながら怒声を浴びせかけた。

「お前じゃ、話にならない。責任者を呼べ！」

「ですから、今は――」

そう言って、ユウリがなんとかなだめようとしていると、ふいに男の背後でよく通る声が響いた。

「責任者は、僕ですが」

ハッとして振り返った男の前に、この世のものとは思えないほど、高雅で威厳に満ちた青年が立っていた。

白く輝く金の髪。

南の海のように澄んだ水色の瞳。

ポケットに片手を入れて立つネイビーブルーの三《み》つ揃《ぞろ》いが、これほど上品かつ優美に見える人間も他にいないだろう。なにより、ギリシャ神話の神々も色褪《いろあ》せるほどの美貌《びぼう》を持つ彼は、大天使を思わせる威厳でもって、目の前の男を一瞬で圧倒してみせた。

シモン・ド・ベルジュ。

ヨーロッパの名門ベルジュ家の後継者であり、ユウリの古い友人の一人だ。

「――シモン！」

ホッとしたように名前を呼んだユウリに軽く目で挨拶《あいさつ》すると、シモンはテーブルの上に置いてある書類を取りあげながら、「さて」と改めて男と対峙《たいじ》する。

「ということで、続きは、僕がお伺いしますよ」

「――あ」

最初の驚きから回復したらしい男が、それでもまだシモンの高雅さに気後れしつつ問い返す。

「……あんたが、この店の新しい責任者なのか？」

「そう思っていただいてけっこうですよ」

書類に目を通し終えたシモンが、目の前の男を見つめて自己紹介する。

「申し遅れましたが、僕が、オーナーのシモン・ド・ベルジュです」

シモンの言葉に一瞬なにか言いたそうな表情をしたユウリの前で、ふいに居心地が悪くなったかのようにあたりを見まわした男が、「つまり、なんだ」と問う。

「本当に、この店は、以前ここにあった店とは違うということなのか？」

「ええ、まあ」

曖昧《あいまい》に応じたシモンが、「この書類には」と事務的に続ける。

「貴方《あなた》のお父様と思われる方とのご契約で、以前の店主が諸々《もろもろ》の事情で商売を続けるのが困難になった場合は、一定の条件のもと、そちらからお預かりしていたものを返品する旨が記載されていて、それが、このたび遂行されたということのようですが、それに相違ありませんね、イーライさん？」

名乗らない相手の名前を書面で確認したシモンに対し、「そうだが」と応じたイーライがユウリを指さして言い返す。

「彼にも言ったが、一方的にそんなことをされても困るんだよ。――悪いが、こっちとしては、引き取る気などないからな！」

ユウリに突きつけられた指先をなんとも疎ましそうに眺めたシモンが、「でしたら」と淡々とした口調で応じ、胸ポケットから取り出した万年筆をスッと相手のほうに向けて差し出した。

「こちらに一筆頂けますか。それをもって譲渡証明書とし、こちらのものは我々のほうで適切に処分させていただきます」

「処分？」

「はい。――適切に」

「それで、二度とこっちの手を煩わせないと？」

「誓って」

「だったら、なんでも書いてやるし、あんなもん、とっとと燃やしてしまえ！」

イーライは奪うように万年筆を取ると、預けた品を放棄する旨を書面にしたため、最後に勢いよくサインした。

「ほら、これでいいな？」

「ええ、間違いなく」

「ったく、最初からそうしてくれりゃ、いいんだよ。ボケッとした顔で突っ立ってやがって。ホント、使えねえ」

おのれの大人げない態度への恥ずかしさからなのか、イーライがおとなしそうなユウリを貶《おとし》める発言をするのを聞いたシモンは、書面を確認するなり、それをユウリに渡しながら言い放つ。

「けっこうです。では、どうぞ、品物を置いてお帰りください。――ついでに言わせてもらえば、厚顔無恥なそのお姿をこちらが二度と見なくてすむよう、金輪際、ここには来ないでいただきたい」

最後はかなり痛烈な言い方で、まったくシモンらしくなかった。

ハッとしたユウリの前で、イーライもさすがに不興そうに顔をしかめる。

「なんだ、その言い草は。――若造のくせに偉そうに」

だが、氷のように冷たい水色の瞳で見返されたとたん、それ以上文句を言い続ける気を失《な》くしたらしく、チッと舌打ちしてから踵《きびす》を返す。

「言われなくても、こんな店、二度と来るか！　ネットにもそう書きまくってやるからな！」

捨《す》て台詞《ぜりふ》が、空間を凍りつかせる。

そのまま足音高く去っていくイーライを慌ててユウリが追いかけ、閉まりかけた扉から顔を出すと、背中に向かって声をかけた。

「――どうぞ、お気をつけて」

それは一見、この店の不評を広めてやると脅した相手に対し寛恕《かんじょ》を乞う態度のようにも思われたが、その実、本心からの言葉であり、そうしなければ、本当にイーライの身に悪いことが起きかねないためだった。

「アルカ」に喧嘩《けんか》を売ったところで、ロクなことにならない。

そのことを、ユウリは重々知っていた。

2

そっと扉を閉めてからゆっくりそばに戻ったユウリに対し、先ほどと同じ姿勢のまま佇《たたず》んでいたシモンが、顔をあげ、すぐさま謝る。

「悪かったね、ユウリ。客に対してあんな態度を取ってしまって」

「ううん、いいんだ」

「彼のもの言いが腹立たしく思えてしかたなかったのだけど、社会人として、あの対応はあまりにひど過ぎる。――もし、のちのちこの件で彼がなにか言ってくるようなことがあったら、その時はすぐに僕のほうに」

だが、最後まで言わせずに、ユウリは首を振って応じる。

「大丈夫だって。――それより、むしろありがとう、シモン。助かった」

最後はともかく、イーライへの対応は、さすがシモンとしか言いようがないほど鮮やかなものであった。

ユウリ一人では、とてもああはいかない。

シモンが、両手を開いて応じる。

「どういたしまして……と、胸を張って言いたいところだけど、やはり、終わりがあれでは、正直、よかったのかどうか、疑わしい限りだ」

自嘲《じちょう》するシモンに、ユウリが「そんなことないよ」と力説する。

「本当に助かった。シモンが来なければ、たぶん、対応に困って、途方に暮れていたと思うから」

「なら、ひとまず、よかったとしよう」

口ではそう言いつつ、まだ浮かない顔をしているシモンを見あげ、ユウリが心配そうに訊《き》く。

「ただ、実際のところ、突然現れてびっくりしたし、たしかに、ああいう言い方はとてもシモンらしくないよね。――もしかして、なにかあった？」

フランス貴族の末裔《まつえい》という高貴な生まれにあり、ロワール地方の城に住んでいて然《しか》るべきシモンは、現在、さまざまな事情からロンドンのベルグレーヴィアに居を移し、母方の一族が経営する会社でCEOの座に就いている。

そのため、ロンドンにいること自体はおかしくないのだが、さすがに平日の昼時にここに来ることはめったにない。

肩をすくめたシモンが、憂鬱《ゆううつ》そうに答える。

「あったというかなんというか、会食で近くまで来たから、ついでに癒《い》やしを求めて寄ったんだよ。――なにせ、みんながおのれの利益ばかりを追求してやまない会合は、『会食』とは名ばかりの、魑魅魍魎《ちみもうりょう》が跋扈《ばっこ》する伏魔殿だから」

「そうなんだ……」

仕事のことはよくわからないが、シモンが言うからには相当なものなのだろう。

労《いた》わるような表情をしたユウリを澄んだ水色の瞳で優しく見おろし、シモンは、そのほっそりとした首筋に片手を伸ばして言う。

「まあでも、こうして君の顔を見られただけで気持ちはすっきりしたし、僕のくだらない愚痴は、今度、時間がある時にでもゆっくり聞いてもらうとして」

そのまま視線をずらし、「それより」と紙袋を目で示しながら訊いた。

「これ、成り行きで引き取ってしまったけど、大丈夫だったのかな？」

あれほどてきぱきと対処していたにもかかわらず、実質、シモンはこの店の運営にはいっさい関《かか》わっていない。ゆえに、先ほどのやり取りは、あくまでもシモンがその場でくだした勝手な判断に過ぎなかった。

ただ、そこはユウリとの付き合いが長いシモンであれば、ユウリが常日頃やっていることの概要は把握しているため、おのれの判断がまったくの的外れとは思っていない。

事実、ユウリはなんてことないように答えた。

「うん。問題ないよ。――問題ないからこそ、その旨を報告する手紙をつけて返したわけだし」

シモンの見ている前で紙袋を覗《のぞ》き込《こ》んだユウリが、「それより、むしろ」と言いながら中身を取り出して検分する。それは、エナメルで装飾された古い嗅《か》ぎ煙草《たばこ》入れで、蒐集《しゅうしゅう》家《か》にとっては垂涎《すいぜん》の的となりそうな逸品であった。

「問題のないこれらのものは、骨董品として価値があるからこそ返還しているのに、こんなふうにただでもらっちゃって、本当にいいのかな？」

ユウリが、嗅ぎ煙草入れを紙袋に戻しながら付け足す。

「そっちのほうが、心配」

「構わないさ。向こうが勝手に押しつけてきたんだから、君が気にする必要はない。それに、今後、これをこの店で売ろうがどうしようが、このとおり、譲渡証明書はあるのだから好きにするといい」

「まあ、そうなんだろうけど」

それでは、いわゆる「ぼろ儲《もう》け」だ。

そんなユウリの心情を察し、シモンが「それに」と付け足した。

「返還の際には、それ相応の違約金を払っているんだろう？」

「うん、そう聞いているよ」

「だったら、そのお金で『いわく』ごと買い取ったと思えば、納得がいかないかい？」

「……ああ、まあそうか」

そこでようやく胸のつかえがとれたらしいユウリは、その話題を終わらせるように紙袋を持って部屋の片隅へと移動する。

サイドテーブルの上にそれをおろしたあと、今度はそばにあったお茶の道具を持ちあげながら振り返り、「それはそうと」と気になっていたことを確認する。

「シモン、成り行きとはいえ、さっき自分が『オーナー』だと名乗っていたよね」

「ああ」

「それって大丈夫？」

「もちろん。なんの問題もないよ」

「でも、それこそ、あとでなにか言われたりしたら」

今や経済界の寵児《ちょうじ》となっているシモンの姿は、巨大な多国籍企業であるベルジュ・グループによりその肖像権が厳重に守られているとはいえ、露出する頻度は高い。

つまり、イーライがシモンの素性を知る可能性は、けっこうな確率でありえた。

だが、ユウリの心配をよそに、シモンは泰然としている。

「大丈夫だって、ユウリ。――そもそも、僕が言ったことは、必ずしも嘘《うそ》ってわけでもないのだし」

「え、そうだっけ？」

「うん」

両手を開いて応じたシモンが、「というのも」と詐欺師のような説明をする。

「僕は、あとにも先にも『この店のオーナーだ』なんて言った覚えはない。――ただ、僕の言葉で、彼が勝手にそう考えたとしても、それは向こうの早合点《はやがてん》であって、こちらに落ち度はない」

「……なるほど」

たしかにシモンは、あの時、「オーナー」とは言ったが、「この店の」とは言っていなかった。とはいえ、あの状況下で、イーライがそう勘違いしたとして、誰が彼のことを責められるだろう。

優雅に腰をおろしたシモンの前に持っていたお茶のセットを降ろしながら、ユウリがイーライに対して申し訳なく思っていると、その罪悪感を払拭《ふっしょく》するように「それに」とシモンが笑う。

「この店の真のオーナーが本来果たすべき務めを放棄しているのであれば、別のオーナーが代わりを務めたところで問題はないだろう。――違うかい？」

「――たしかに」

苦笑して認めたユウリがお湯を取りに給湯室へと入っていく後ろ姿から、頭上の防犯カメラに視線を移したシモンが、「そんなことより」と尋ねた。

「思うに、あのカメラは、フェイクなのかな？」

「ううん。機能しているはずだよ」

奥の給湯室から答えだけ返るが、ユウリの姿はない。

それでも気にせず、シモンは言いかける。

「でも、だとしたら、なぜ――」

だが、最後まで言う前に頭上でバタンと扉の閉まる音がしたので、シモンは口を閉ざして待った。もとより、後半の会話はユウリに対してというより、カメラの向こう側にいるはずの人間に向かって言ったのであり、それに応《こた》えうる者が、今、シモンのそばの階段をゆっくりと降りてこようとしている。

ややあってシモンの前に現れたのは、一見、物静かな印象の男であった。

ただし、光の加減で色の変わるセピアがかった瞳の中には、人に従わぬ放縦さと自信が垣間見《かいまみ》える。

つややかな栗色《くりいろ》の髪。

スラリとした長身。

夏らしいベージュのコットンスーツにチョークストライプのシャツと栗色のニットタイを合わせた若干カジュアルな佇まいは、現代風の装いであるにもかかわらず、どこかレトロな英国紳士を思わせた。

男の名前は、ミッチェル・バーロウ。

この店の、現在の管理人だ。

シモンの姿に目を留めたミッチェルが、挨拶する。

「これは、ミスター・ベルジュ、いらしていたのですね」

「やあ、ミスター・バーロウ。ちょっと前に来たところだよ。――もっとも、その前から店内の様子は、あの防犯カメラを通して見ていたのだろうけど」

チクリと嫌みを放ったあとで、シモンは「ちなみに」と尋ねた。

「ユウリが困っている時に現れなかったのは、なにか理由があってのことかい?」

「そうですね」

淡々と受けたミッチェルが「一つには」と答える。

「私が電話中であったために降りてこられなかったのと、もう一つは――」

その時、ユウリが給湯室から湯気の立つポットを持って出てきたので、そちらにチラッと視線を流してから皮肉を交えて付け加えた。

「この店の真のオーナーより、あまり甘やかすなと言われておりますので。――もっとも、そうしたところで、結局は、こうして『代わり』と称した別のオーナーが甘やかすようですが」

「――ふうん」

不満そうに応じたシモンが、「甘やかすな、ね」とつぶやく。

それは、なんとも傲慢《ごうまん》さの漂う発言である。

そういうことを平気で言ってしまうような人間なら、きっと性格もひねくれている。

どうにも納得のいかないシモンであったが、当のユウリが小さく肩をすくめただけであとは黙々とお茶の準備をしているため、ひとまず、これ以上文句を言うのは控えることにした。

働いているのはユウリであり、結局はユウリの問題だとわかっているからだ。

ただ、歯がゆさは喉《のど》にささった小骨のように、シモンの中にくすぶり続ける。

かように、この店に関わりのある人間として、「オーナー」と呼ばれる問題の人物と、「店主」の座に収まったユウリと、さらにもう一人、「管理人」となったミッチェルの存在があげられる。

なぜ、そんなややこしいことになっているかといえば、ひとえに、この店が昔から複雑な事情を抱えてきたからに過ぎず、ユウリが「店主」となったのも、その複雑な事情ゆえのことだった。

だが、まず簡単に三者の関係性を説明しておくと、「オーナー」というのは、文字通り、出資者のことであり、この店を陰で取り仕切っている存在だ。

「管理人」であるミッチェルは、そのオーナーに雇われ、事務作業を含めたこの店の表の商売である骨董店の経営全般を請け負っている。

その際、ミッチェルがどこまでこの店の複雑な事情を聞かされていて、オーナーとどんな契約を交わしているかについて、ユウリとシモンはなにも聞かされていないため、ミッチェルとの距離感がつかめずにいるのが現状だ。

ただ、これまで、ミッチェルがユウリのやることに文句をつけたり口出ししたりすることはなく、さらに、関係者以外立ち入り禁止となっている地下倉庫について、余計な質問をされたこともないため、ある程度の事情は聞かされているか、さもなければ、なにがしか言い含められていることはたしかであった。

そんな中、以前の店主のたっての希望で、建前上、この店の「店主」の座に収まったユウリはといえば、当然、商売のためにいるわけではなく、この店が古くから抱える特殊な事情のために存在した。

つまり、先ほども触れたように、かつて、この店の店主だったミスター・シンが裏稼業として引き取ったり預かったりして、今もこの店の地下倉庫に眠っている数々の「いわくつきの代物」をその絶対的な霊能力で保護下に置くためである。

ただ、保護下に置くといっても、なにも起こらなければ、なにもせずに済むため、ユウリは、ミッチェルが店の二階にある事務室兼倉庫で事務作業などをしている間、ひとまず店主として、店番を引き受けることになっていて、実際に骨董品を求めて客が来た時や扱いにくい客が来た時などは、事務室に設置されたモニターでチェックしたミッチェルが、必要に応じ、接客を代わってくれることになっていた。

なので、先ほどのような場面では、ミッチェルが応対を代わってくれて然るべきはずがそうはならなかった。

もっとも、先ほどの客は、骨董品を求めて来たわけでなく、裏稼業に関わりのあることで怒鳴り込んできたことを思えば、むしろミッチェルが知らん顔をしていたところで責められるものではなく、結局は、この宙ぶらりんの状態を作っているオーナーが悪いということになりそうだ。

他人事《ひとごと》ながら、本当にこれでいいのかと懸念するシモンの前に湯気の立つカップを置いたユウリが、ミッチェルを振り返って訊く。

「ミスター・バーロウも、お茶を飲まれますか？」

「いえ」

ポケットから取り出したスマートフォンをチェックしたミッチェルが、「それより」と続ける。

「私は出かける用事ができましたので、午後は留守にします。どうせ客などめったに来ないと思いますが、なにかあれば、携帯のほうに連絡をください。こちらで対処します」

そこでシモンをチラッと見て、「まあ」と意味深に付け足した。

「なんなら、私が戻るまでクローズにしてしまっても構いませんし」

「え、いいんですか？」

「はい。お好きにどうぞ。――ということで、失礼します、ミスター・ベルジュ。どうぞ、ごゆっくりなさっていってください」

慇懃《いんぎん》なのか、無礼なのか。

その中間の丁寧さで言い残したミッチェルが、帽子を手に取って颯爽《さっそう》と歩き去る。

ややあって、表の扉のベルがカランと鳴り、その姿が完全に消えた頃になって、紅茶のカップを取ったシモンが「やれやれ」と溜息交じりに言う。

「なかなかどうして、君も大変そうだね、ユウリ」

「大変？」

繰り返したユウリが、考え込むように言う。

「大変か。……どうだろう」

どうやら「大変」の感覚が人よりずれているらしいユウリが、両手で持ったカップに息を吹きかけながら答えた。

「むしろ、大変じゃなさ過ぎて大変かも」

「なんだい、それ」

「いや、笑い事ではなく」

ユウリはそう言って、時間を持てあますことへの罪悪感を訴える。

「……そんな感じで、お客様が来ないのはいいんだけど、それならそれで、もう少し有意義に過ごす必要がある気がするんだ。でないと、罰が当たりそう」

「罰が当たりそう、か」

それは、なんともユウリらしい発言だ。

ふつうの若者なら「楽に稼げてラッキー」くらい言いそうだが、そうはならないのがユウリという人間であった。

苦笑したシモンが続ける。

「でも、どれほどヒマでも、それで給料がもらえるなら、それは立派に仕事をしていることになるわけだし、時間を持てあますようなら、ここでなにかの研究でも始めたらいい。たぶん、誰にも文句は言われないはずだよ」

すると、意外そうな表情になったユウリが、信じられないことをつぶやく。

「……給料？」

「そう、給料。もらっているだろう？」

「…………」

「え？」

シモンが、水色の瞳を大きくして訊き返す。

「まさか、もらっていないとか言わないだろうね？」

「えっと、知らない」

「知らない？」

「うん」

うなずいたユウリが、言い訳するようになんとも太平楽なことを言う。

「だって、ほら、シモンも知ってのとおり、『店主』といっても、僕の場合名ばかりで、ここには、ただいるだけだから。――正直、今の今まで、これが仕事だなんて、考えたこともなかった」

シモンが、気が遠くなったかのような表情をしてから、確認する。

「つまり、君、ボランティアとしてここにいるつもりだった？」

「ボランティアというか、お手伝いというか、なんか流れでなんとなく……」

しだいに声が小さくなっていったユウリが、「そうか、給料ねえ」と改めて自分の立場を認識したようにつぶやいた。

それを呆《あき》れ顔《がお》で眺め、シモンが小さく首を振る。

たしかに、ここに至るまでの経緯は複雑で、とてもそんな具体的なことを話し合っている時間はなかったかもしれないが、だからと言って、頼まれたからここにいるというのんき気さは、さすがユウリとしか言いようがない。

もちろん、ここまで浮き世離れしていられるのは、父親が英国貴族の上、多くの著書が世界的ベストセラーとなっている高名な学者であり、ユウリ自身に稼ぎがなくても即生活苦に陥るわけではないという恵まれた環境にあるからであったが、それにしたって、限度というものがある。

そもそも、ユウリとは違い、貴族であっても世慣れた常識人である父親のフォーダム博士は、息子の置かれたこの状況をどう見ているのか。

少なくとも、シモン自身は、そうと聞いてしまったからには、このまま放っておくわけにもいかなくなった。

大きく溜息をついたシモンが、「それで」と訊く。

「アシュレイはなんて?」

「知らない。——ここのところ、話してないし」

あっさり応じたユウリが、「そもそも」と苦笑する。

「姿すら見ていない」

話題にあがっているコリン・アシュレイは、二人とは旧知の間柄で、なにを隠そう、この店の「オーナー」である。

とはいえ、昔から糸の切れた凧《たこ》のように自由気ままで神出鬼没であり、その性質は今もって健在らしい。

そんな彼が自由人であらんとする根底には、おのれへの絶対的な自信があり、そのいい例として大学へ進学しなかったことがあげられる。当時、どの大学でも選び放題だったにもかかわらず、みずから受験を放棄し、世界各地を気の赴くままに飛びまわっていたのだが、その間、彼がいつどこでなにをしているか、把握していた人間はおそらく皆無であったろう。

しかも、事実、彼ほど博覧強記で悪魔のように頭が切れる人間はおらず、学生時代に構築したネットワーク・システムが世界基準となって日々巨万の富を運んでくるため、ふつうの人のようにあくせく働いてお金を稼ぐ必要もない。

当然、性格は傲岸不遜《ごうがんふそん》。

謙遜《けんそん》の「け」の字もないような傍若無人さで、付き合う人間は大変であるのだが、幸いなことに、孤高を好む性質《たち》であれば、めったに人に連絡したりしないため、恒常的に被害に遭う人間はいないと言っていい。

唯一の例外が、ここにいるユウリで、昔からことあるごとに振り回されてきた。

ただ、元来が太平楽でのんびり屋のユウリが、それを自覚しているとは思えず、傍《はた》で見るに見かね、それを阻止するように手を尽くしてきたシモンのほうこそ、ある意味、一番の被害者であるかもしれなかった。

そんな関係性が、今も二人の会話ににじみ出る。

「姿すら、ね」

つまらなそうに応じたシモンが、憤懣《ふんまん》を口にする。

「たしかに、姿を見ないでいられるのは僕としてはありがたいとはいえ、曲がりなりにもこの店のオーナーとして、今の君の状況を看過しているというのは、さすがにちょっと無責任過ぎる」

「まあねえ」

肩をすくめたユウリが、「でも」と庇《かば》うでもなく言う。

「そこはそれ、あのアシュレイだから」

正直、アシュレイの気まぐれさには慣れっこのユウリだ。

ただし、それに対し、自分がどう相手をしていくかは、また別の問題である。

ユウリが、紅茶を飲みつつつぶやいた。

「本当に、どこでなにをやっているのやら……」

そんな彼らの頭上で年代物の鳩時計《はとどけい》が一つ鳴り、なんだかんだ予定が詰まっているシモンは、それを機に仕事場へと戻っていった。

3

シモンが去った店内では、ふたたび、まったりとした時間が流れ出す。

ミッチェルは閉めておいてもいいと言ってくれたが、ユウリはそのまま店を開けておくことにした。

出かける用事があれば別だが、ないなら、閉める理由もない。

客にいちゃもんをつけられてからまださほど時間が経っていないため、また先ほどのような目に遭ったらどうしようとか、あれこれ考えて不安になってもよさそうなものであったが、そういう意味でものんびりしているユウリは、基本、なにがあっても、なんとかなると思っていた。

それは、強盗に入られたとしても同じだ。

同じ人間同士であればなんとかなるし、殺されたなら殺されたで、天命だったと諦《あきら》めるだけである。

豪胆なのか。

単に、心底太平楽なだけか。

なんであれ、店を開けたまま、新たに淹《い》れ直した紅茶を片手に、ユウリは本格的に読書をし始めた。

シモンに言われて気づいたのだが、ここでも勉強は好きなだけできるし、世の中、そうして専門家になる人間は大勢いる。

そんな開き直りとともに、いつしか本を読むことに熱中していたユウリは、ふいに「あの〜」とかけられた声に驚いて反射的に言い返す。

「はい、なんでしょう⁉」

ただ、その一瞬、心臓が飛び出しそうなほど驚いていたため、勢いよく返事をしたところまではよかったものの、立ちあがることすら忘れ、ただただ茫然《ぼうぜん》と相手を見つめ返してしまう。

おかげで、目の前に立っている客との間に奇妙な間が落ちた。

それは、白いコットンスーツに同系色の帽子をかぶった、ミッチェルに輪をかけてレトロな雰囲気の英国紳士である。

顔立ちはかなりよくて、まだ若い。

とはいえ、青年というよりは紳士の域に入るだろう。具体的な年齢で言うなら、二十代か、いっても三十代前半くらいと思われた。

男は、黙ったままでいるユウリに痺《しび》れをきらしたのか、ややあって尋ねた。

「ここ、お店だよね？」

「――ああ、はい」

「営業中の」

「そうです」

そこでようやく立ちあがったユウリが、「すみません」と謝ってから言う。

「突然で、ちょっとびっくりしてしまって」

「そのようだね」

白々と見おろされたユウリは、すぐに自分のほうから接客しなければならないことに思い至り、慌てて応対する。

「それで、えっと、いらっしゃいませ。なにか、お探しでしょうか？」

言いつつ、内心で「あれ？」と思う。

（そういえば、入り口のベルって、鳴ったっけ？）

客が来れば、「カラン」と音がするのですぐわかる。

だが、こうして声をかけられるまで気づかなかったということは、ベルが鳴らなかったか、でなければ、あまりに本に集中し過ぎて、ユウリがベルの音を聞きそこなったかである。

もっとも、先ほどシモンが入ってきた時も、客の怒鳴り声に紛れて聞こえなかったくらいなので、後者であったとしても、さほど変ではない。

「うん」

うなずいた男が、店内に視線を移して訊く。

「以前、ここに金の小箱があったはずなんだけど」

「金の小箱ですか？」

ユウリもつられて視線をやりながら、訊き返す。

「どんな感じのものでしょう」

「金色に輝いているきれいな小箱だよ」

「金色に輝いているきれいな小箱……」

それでは情報が少な過ぎるし、ユウリのほうでも、店内のものを把握しきっているわけではない。

なにせ、にわか店主だ。

いちおう掃除のたびにあれこれ見ているので、かなり頭に入ってきてはいるが、完全とは言いがたいレベルの話である。

「そうですねえ、嗅ぎ煙草入れ、オルゴール、宝石箱、コンパクトケース、他にも、小箱の形をしたものならいくつかありますが……、そんな『輝いている』と言えるほど金色をしたものは、あったかな？」

自分自身に問いかけるようにつぶやきながら展示ケースの間を歩き始めたユウリは、金色をしたものを目で探しながら問い返す。

「ちなみに、ご覧になったのはいつ頃ですか？」

「ずいぶん前」

「となると、以前のお店にあったものかもしれませんね」

「以前の店？」

意外そうに繰り返した男が、「ここは」と尋ねる。

「以前とは違う店なのかい？」

「そうですね」

「そうか。……言われてみれば、君も前の店主とは違う」

「はい。――とはいえ、引き継いだものもありますから、以前にあったものが絶対にないとも言い切れませんけど」

説明していたユウリは、棚から黄色を基調に鮮やかな模様がエナメルで描かれた宝石箱を取りあげて確認する。

「こういったものとは違いますよね？」

「全然、違う。こんな派手じゃない」

「……派手じゃない」

それは、なかなかおもしろい。

金色だと、どちらかといえば目にまぶしい感じを想像しがちだが、そうではなく落ち着いた雰囲気を醸し出しているということだろう。

そこで、ユウリは鍵《かぎ》付きのガラスケースに入った金の嗅ぎ煙草入れを取り出した。

「これなんかは、どうでしょう。正真正銘、金を使ったものですけど」

「違うね」

男は即座に言い、「もっと」と腕を振って説明する。

「のっぺりしている」

その際、客の腕に目をやったユウリは、無地だと思っていたスーツが、実は格子柄が織り出されたものであることに気づいて、内心で「へえ」と思う。なかなか洒落たスーツだと感心したからだが、表面上では客との会話に集中する。

「のっぺり……ですか」

これまた奇妙な言い回しをされ、ユウリは手にしたものをガラスケースの中に戻しながらつぶやいた。

「金色で落ち着いていてのっぺりした小箱――」

それから、客を振り返って尋ねる。

「いちおう、店の奥には他にも在庫があるにはあるんですけど、そちらのほうを調べるとなると、少しお時間を頂くことになるので、今日中にお返事をするのはかなり難しいかと」

「探してくれるなら、待つよ。——待つのは、慣れているんだ」

「よかった。——それでしたら」

ユウリはホッとして言いながら、いったん客に背を向け、ソファーセットのあるほうに戻りつつ続ける。

「こちらにお名前とご連絡先を頂いて、後日、こちらからご連絡を差し上げるという形でよろしいでしょうか?」

相手の返事を聞かないまま、テーブルの上に顧客名簿用の紙とペンを並べたところで振り返る。

と——。

そこには、誰もいなかった。

それまでいたはずの客の姿が消えている。

「——あれ?」

驚いたユウリは、展示ケースのある場所まで戻り、無駄と知りつつ、いちおうあちこち覗き込んでみる。落とし物かなにかをして、そのへんにしゃがみ込んでいる可能性も否定はできないからだ。

だが、どこを捜しても、人のいる様子はない。

あっちも。

こっちも。

ただ、かすかに潮の香りが漂うだけだ。

「――え、嘘?」

ユウリは、思う。

(なんで?)

と、その時。

カラン、と。

扉が開閉する音がしたので、慌てて玄関広間へと出ていく。

残念ながら一瞬遅かったようで、扉は閉まり、頭上でベルだけがまだわずかに揺れていた。

どうやらユウリが探しておくと言ったことで安心し、そのまま、帰り支度をして出ていってしまったようである。とはいえ、向こうはそれでいいかもしれないが、こっちとしては連絡のしようがなくて困る。

いちおう通りまで出て左右を見まわしてみるが、けだるい午後のまばらな人影の中に客の姿を見つけることはできなかった。

（うわ〜）

ユウリは、肩を落として踵を返す。

（やっちゃったな）

名前も連絡先もわからない相手に、形状すらよくわからない品物を探しておくと口約束してしまったのだ。

このことを報告したら、おそらくミッチェルは呆れ果ててしまうだろう。

これまでの人生では、ユウリがこうして中途半端に重荷を背負って戻っても、たいていは誰かが手を貸し、その問題をなんとかしてくれた。

小さい頃なら、姉のセイラや従兄弟《いとこ》の幸徳井《かでい》隆聖《りゅうせい》。

成長してからは、親友となったシモンや他の仲間たち。

だが、そんな甘えは、社会に出たら通用しないことはわかっている。自分が引き受けたことであれば、責任を持って、自分でなんとかするしかない。

参ったなと思いながら店内に戻ろうとしたユウリは、扉を開けた瞬間、ふと鼻先をかすめた匂いに顔をあげる。

（……潮の匂い？）

先ほどからうっすらと漂ってはいたが、外の新鮮な空気を吸ったせいか、前よりいっそう濃密になってユウリの意識に滑り込んできた。

（でも、いったい、どこから……）

不思議に思いながらあたりを見まわしたユウリは、長椅子の上になにげなく目をやったところで、ギョッとして固まる。

「――え？」

それから、目をこすり、もう一度目を大きく開いて見る。

「嘘」

見間違いではない。

そこに、カメがいた。

両手のひらに載るくらいの大きさのカメである。

しかも、その四肢がヒレのように横に広がっているところからして、おそらくリクガメではない。

陸ではなく――。

「……ウミガメ？」

だが、それはありえない。

ここはロンドンの街中で、近くに川はあっても海はない。

仮に海が近くにあっても、ウミガメを陸で見ることはめったにないはずだ。

こちらを見つめてくる円《つぶ》らで大きな瞳を見返しながら、ユウリは恐る恐る長椅子に近づいていく。

「えっと、君、なんでここに」

尋ねたって答えるはずはないのだが、つい話しかけてしまったユウリは、ウミガメを真上から見おろし、さらにあらゆる角度から観察したところで気づいた。

「あ、置物か」

そのわりに、目はずっとユウリの動きを追っていたように思えたのだが、手に取って改めて眺めれば、やはり置物で間違いない。

少なくとも、足は固くまったく動かない。

ただ、あまりにも精巧にできているため、こうして作り物とわかったあとでも、本物のウミガメにしか見えなかった。

「すごいな。これが作り物？」

ひとしきり見て感動したユウリは、両手でつかんだウミガメの置物を見おろして、ふと思う。

（あれ、でも、どっちにしろ、これってどこから来たんだろう？）

少なくとも、朝、掃除した時にはなかったものだ。

イーライを見送った時も、朧《おぼろ》な記憶だが、なかった気がした。ただ、正直、そこはかなり怪しいのだが、ユウリより目ざとく注意力のあるシモンもミッチェルもなにも言っていなかったことを思えば、これが長椅子の上に置かれたのは、シモンが帰ってから今までの間とみていい。

（となると——）

ユウリは、考える。

いちばん可能性があるのは、先ほどの客が忘れていったということである。

（そうか、あの人の）

名前も連絡先もわからない客の忘れ物とは、またなんともやっかいな荷物と言わざるをえないが、考えようによっては、客がこれを取りに戻ってくる可能性もあり、もしそうなったら、その時に改めて連絡先を聞き出すこともできるだろう。

そこで、ひとまずウミガメの置物を預かることにしたユウリは、それを持って店の奥へと戻っていった。

4

外出先から戻ってきたミッチェルは、店が閉まっていなかったことに、いささか感心する。昼間、扱いにくい客に悩まされたことがトラウマとなり、自分が留守の間はてっきり店を閉めていると思っていたからだ。

雇い主であるオーナーからは「甘やかすな」との指示を受けていたが、今日はもう十分嫌な目をみただろうからと同情し、これ以上おかしな客に悩まされなくてすむよう、店を閉めておいて構わないとわざわざ言い残しておいたのに、ユウリは、そうしなかった。

吹けば飛ぶような外見をしているくせに、案外肝が据わっているというか、臆病《おくびょう》さより生真面目さが勝つらしい。

(でなきゃ、根っからの太平楽か……)

もっともそれぐらいの根性がなければ、あのアシュレイが相手にするわけがない。

なにせ、傲岸不遜で選り好みが激しく、選別に際しては容赦というものが一切ないときている。

そんなアシュレイとミッチェルの付き合いは、意外にも結構長い。

つまり、ある意味、彼も選ばれたことになるのだろうが、ミッチェルの場合、大叔父にあたるミスター・シンの店には昔からちょくちょく顔を出していて、彼が骨董に興味を持ったのも、この店に漂う不可思議な雰囲気に魅了されたからだと言える。

ただ、大きくなるにつれ、この店の持つ不可思議さは、ただ古いものが醸し出すだけでなく、なにかもっと違う事情があるせいだと感じるようになり、ある時、大叔父の裏の顔の噂を耳にしたことで、彼は「オカルト」という分野への興味も膨らませるようになっていった。

それを増長させたのが、アシュレイという特異極まる男の存在だった。

だから、大叔父が引退することになり、その後継者としてアシュレイの名前があがった時には、どこか納得がいく気もしたし、その後、当のアシュレイから、かなり面倒な条件が課せられた上で、この店で骨董店を経営してみないかと声をかけられた時には、一も二もなく飛び付いた。

これで、長年中途半端なままにされていた秘密に近づける。

(自分もついに、神秘のベールの向こう側を覗くことになるのだ――!)

そう思って密かに歓喜したのだが、ことはそう単純ではなかったし、なにより予想外だったのは、このユウリ・フォーダムという青年の存在だった。

いったい、彼はなんなのか。

少なくとも、この店が抱える秘密のど真ん中に立つ人間であることは、間違いない。

つまり、大叔父がそうであったと言われるように、彼もまた、なんらかの不可思議な力を保持しているということなのだろう。

だが、それを知りたくとも、尋ねるわけにはいかない。

この店を任せてもらう際の絶対条件の一つが、「ユウリには、一切関わるな」というものだったからだ。

先ほど、彼らには「甘やかすな」とだけ告げたが、そもそものこととして、事務的な部分以外で関わりを持つなと厳命されている。

それは、警告を含むほどの強さであり、ミッチェルとユウリの必要以上の交流を、アシュレイが奨励していないのは明らかであった。

だったら、いっそのこと「籠にでも入れてしまっておけ」と言いたいところだが、それはそれで、アシュレイの意に染まないことなのだろう。

とにかく、傲岸不遜でやりたいようにやる男、それが、アシュレイだ。

かように、アシュレイのことはかなりわかっているのに対し、まだその人となりをほとんど知らないユウリであるが、少なくとも、たいていの人間は好感を持つ青年であるのはたしかであり、しかも、それは見せかけだけではないらしい。

考えながら扉を開けたところで、ミッチェルはふと動きを止めた。

鼻先をかすめたかすかな匂い。

そのまま顔をあげて小さく鼻を鳴らした彼は、首を傾《かし》げて思う。

（……潮の匂い？）

本当に微量であるが、この独特の匂いは海を知っている人間なら誰しもすぐにそれとわかる。

だが、なぜこんな匂いがするのか。

この界隈《かいわい》に海はなく、当然、このような匂いをこの店で嗅いだことはない。

不思議に思いながら奥へと歩いていくと、ソファーに座って本を読んでいたユウリが立ちあがって挨拶した。

「――いらっしゃ、じゃない、お帰りなさい」

「ただいま」

帽子を取ったミッチェルは、それを帽子掛けにかけつつ尋ねた。

「ずっと開けておいたんですか？」

「はい」

「閉めておいていいと言ったのに？」

ミッチェルがセピア色の瞳を向けると、ユウリが片手で店内を示して応じる。

「そうなんですけど、でもほら、開けておいても閉めておいても、こんな感じで状況はほとんど変わらないので、だったら開けておいてもいいかと」

「……なるほど」

納得したミッチェルが、「それで」と問う。

「客は来ましたか？」

「来ました。一人だけ」

「一人……」

あまりの少なさに小さく溜息をついたミッチェルは、ユウリのそばを通り過ぎながら言う。

「それなら、今日はもう店を閉めましょう。またあし――」

だが、最後まで言い切る前に、言葉が口の中で凍り付く。

サイドテーブルの上に在りうべからざるものがいて、しかも、あろうことか、それとバッチリ目が合ってしまったからだ。

信じられない思いのまま、ミッチェルはあえぐような声で尋ねた。

「……なんで」

「はい？」

「いや、だから、なんで、店にウミガメがいるんですか？」

「ああ、それ」

ユウリが、答えた。

「僕も、最初に見た時はびっくりしましたが、ウミガメといっても、本物そっくりに作られたウミガメの置物なんです」

「――置物？」

疑心暗鬼の声音でつぶやいたミッチェルが、そばまで行って間近でしげしげとウミガメを覗き込み、それでも納得がいかずにしきりと首をひねった。

みせた。

「そうです。――それで、ちょっと調べてみたんですけど」

話しながら、ユウリは、それまで読んでいた大判のカタログらしきものを持ちあげてみせた。

「明治期の日本に、これと似たような置物を作っていた職人がいたみたいです」

「ああ、明治期の日本ね」

それなら、ミッチェルも納得がいく。

骨董に詳しい彼は、明治期の日本がどれほど素晴らしい作品を海外に放出したかをよく知っていた。その時代の日本は、ヨーロッパからの注文を受け「超絶技巧」と絶賛された職人技で奇跡のような芸術品をたくさん生み出していたのだ。

つまり、これも、そんなものの一つであるらしい。

「だけど」

ミッチェルが訊く。

「これが、かつての超絶技巧を駆使して作られたものだったとして、そもそも、なぜ、そんな貴重なものがこの店にあるのでしょう?」

帳簿を作成した関係で、ミッチェルは、この店にある表向きの骨董品のほぼすべてに目を通していて、大概のものは覚えている。

だが、これほど精巧なウミガメの置物を見るのは初めてだ。

となると、考えられる唯一の可能性は——。

それを、ミッチェルが口にする。

「ああ、もしかして、午後に来たというたった一人のお客様が、預けて帰られたとか？」

「預けてというか……」

若干戸惑いを見せたユウリが、しどろもどろに報告する。

「あくまでも時系列的に考えての推測なんですけど、そのお客様が、うっかり忘れていったのではないかと」

「忘れていった？」

「はい」

「これを？」

「ええ」

「うっかり？」

「そうです」

ユウリは大真面目に認めたが、納得のいかないミッチェルは、眉《まゆ》をひそめて呆れる。

いったいこの世界のどこに、これほど精巧に作られた芸術品をコロッと忘れて帰る人間がいるというのか。もしそうなら、よっぽどの芸術音痴か、金があり余っているかのどちらかであり、少なくとも、宝の持ち腐れであるのは間違いない。

ミッチェルが、呆れ顔のまま感想を述べる。

「それは、本当にマヌケな客がいるものですね」

「そうかもしれませんが」

ユウリがにこやかな表情で応じ、「でも、そのおかげで」と続けた。

「これを取りに来てくれた時に、相手の素性を知ることができるので、正直、僕としては助かりました」

だが、言われたことの意味がよくわからなかったミッチェルは、腰に手を当てながら尋ね返した。

「助かりましたって、それはどういうことでしょう？」

「あ、えっと」

そこで、ユウリが、午後に訪れた客とのやり取りを簡潔に説明する。

「……金の小箱」

話を聞き終わったミッチェルがつぶやき、少し考えてから言った。

「正直、私のほうでも該当するものに覚えはありませんから、そうなると、その客は、この店に来たというより、もともとはミスター・シンの客で、以前に預けたものへの問い合わせだったのではありませんか？」

「……ミスター・シン」

繰り返したユウリが、反論する。

「でも、その方、預けたとは一言も言っていなかった気が……」

あの時、彼は間違いなく「金の小箱」を探していたし、預けたのなら、最初からそう言うはずではなかろうか。

ミッチェルが推測する。

「それは、店の雰囲気が変わっていたせいかもしれませんね。――詳しくは知りませんが、ミスター・シンがやっていたことを第三者に説明するのは難しそうですし」

「ああ、なるほど」

納得した様子のユウリが、そこでスッと煙《けぶ》るような漆黒の瞳を伏せて考え込み、「そうか、それなら」とぶつぶつとつぶやくように応じる。

「明日にでも、地下倉庫を探してみます」

「そうですね。まあ、私のほうでも、いちおう在庫をさらってみますよ」

軽く眉をあげて応じたミッチェルは、そのあとで、一瞬、なにか言いたそうな表情をしたが、結局なにも言わずに、「じゃあ」と言って階段をあがっていく。

「戸締まりはこちらでしておくので、今日はもう帰っていいですよ」

「本当に、いいんですか？」

「ええ。お疲れ様です」

「お疲れ様です」

挨拶したユウリは、すぐに帰り支度をして店を出ていった。

第二章　蒔絵《まきえ》の魔力

1

ロンドン西南部。

サウスケンジントンに位置する博物館の駐車場で、運転手付きの車から降り立ったシモンは、出迎えた職員にバックヤードへと案内される。

ウールモヘアのゴールドブラウンの三《み》つ揃《ぞろ》いに、白地に茶と青が混在するペイズリー柄のネクタイをしたシモンは、夏らしく爽《さわ》やかでありながら、この上なく優美だ。

すれ違う職員が話をやめて振り返るのも、わかるというものである。

十九世紀半ば、最初の万国博覧会に出展された作品を展示するために建てられた博物館は、その後、収蔵品の増加とともに現在の場所へと移築され、名実ともに世界屈指を誇る美術工芸品の殿堂へと成長した。

中には東洋のものも多く、とりわけ日本の展示物はヨーロッパ随一であるため、日本人の目から見ても珍しい作品に出会える場所となっている。

そのような博物館で、来年、蒔絵の特別展を開催することになったため、この日、シモンはある相談のために呼ばれた。

というのも、ロワール河流域に建つベルジュ家の城には、江戸時代に出島のオランダ商館が量産させたとされる風景蒔絵の壁飾り《プラーク》数枚と「芝山細工《しばやまざいく》」として知られる螺鈿象嵌《らでんぞうがん》の施された明治期の蒔絵簞笥《たんす》があり、どうやら、特別展ではそれらを併せて展示したいということらしい。

「これは、ミスター・ベルジュ。本日は、お忙しいところをご足労いただきまして、誠に感謝しております」

階段の手前で待っていた館長とにこやかに握手をかわしつつ、シモンは慎重に答える。

「いえ。こちらこそ、声をかけていただいて光栄に思います。――もっとも、そちらのご要望に応《こた》えられるかどうかはわかりませんが」

「まあ、そうおっしゃらず、なにとぞご尽力いただきたい」

「もちろん、努力は惜しみません」

丁寧な応答ではあるが、決して媚《こび》や隙《すき》を見せない。シモンの社交術は、二十代という若さにして、すでに熟練の域に達している。

満足そうにうなずいた館長は、シモンをここまで案内してきた職員に視線を移して言った。シモンに比べると全体的にくたびれた感じは否めないスーツ姿であるが、服にかけている金額が違うことを思えば、比較するほうが酷である。

「で、君。プレゼンの準備は整っているんだろうね？」

「はい。――すでに、みなさん、会議室のほうにお集まりです」

「頼んだよ。この企画が成功するか否かは、このあとのプレゼンにかかっているようなものだからな。しっかりやってくれたまえ」

「……はあ」

頼りなげに返事をする職員からシモンに視線を戻した館長が、「では」と告げる。

「私は、このあと外出する予定がありプレゼンには顔を出せませんが、なにかあれば、彼になんでも言ってください。――見たところ、年も近そうですし、きっと、ざっくばらんに話せるでしょう」

「そうですね」

「本来なら、今夜にでも一席設けたかったところなんですが」

館長の言葉に、シモンは失礼のない程度の淡白さで応じる。

「どうぞ、お気になさらず。――なにぶんにも急な話で、こちらもスケジュールの都合がつかなかったものですから」

嘘《うそ》である。

今夜は特に予定はなかったが、気が進まない会食であったため、適当な理由をつけて断ることにしたのだ。ただ、話が来たのは本当に急で、ベルジュ・グループの後継者がロンドンにいると知り、慌てて連絡をしてきた感があった。

そのため、今日の会合も、展示に向けた打ち合わせではなく、その前段階として、企画について聞き取りをしたシモンがいったん話を持ち帰り、ベルジュ家のほうで精査してから改めて出展の可否を連絡することになっている。

館長の腰がやけに低いのも、そのせいだろう。

その後の会合に顔を見せたのは、博物館側は、このイベントの企画を行う部署のトップと実務担当者である学芸員、さらに広報部の人間が数名で、はるばる日本からやってきたのは漆芸品《しつげいひん》振興協会に所属する若いコーディネーターと漆器《しっき》産業協同組合から遣わされたという代表者数名だった。

ただし、博物館のお偉方と漆器産業協同組合の代表者たちは、シモンと名刺交換をしたあと、それぞれ別のスケジュールが入っているということで早々に退席してしまい、残されたのは、シモンを含め、比較的若い三人だけであった。

博物館側の人間はともかくとして、漆器産業協同組合の代表たちは、短い訪英期間中にやっておきたいことが目白押しであるようだ。

「すみません、バタバタしていて」

博物館側の実務担当者である学芸員のトニー・コナーズが、シモンの前に資料を置きながら謝る。

明らかにアングロサクソンとわかる面長の顔をしたトニーはまだ若く、館長の見立てどおり、シモンとさほど変わらない年齢だった。しかも、なんとも頼りないことに、大きな企画を担当するのは今回が初めてということで、最初の挨拶《あいさつ》からして緊張感がじわじわと伝わってきた。

ただ、スーツは少しよれているが、袖口《そでぐち》に見え隠れしている時計は年代物の高級品であるので、本人があまり身なりを気にしない性格をしているだけで、おそらく生まれはかなりいいはずだ。

対照的に、日本の漆芸品振興協会から遣わされてきた山村《やまむら》カイトは、若手というより中堅くらいの位置づけであるようで、トニーよりは場馴《ばな》れした感があったが、新品のブランドスーツで身を固めているわりに腕時計や靴が庶民的であるので、おそらく身一つで努力してここまできたタイプだろう。

そんな彼の明らかな特徴として、英語がペラペラであることに違和感がないくらい鼻《び》梁《りょう》の高い顔立ちであることが挙げられる。

そのため、最初に挨拶をかわした際、一度手元の名刺に視線を落としたシモンは、さりげなく尋ねてみた。

「もしかして、ミスター・ヤマムラのご両親って、どちらかがイギリス人だったりしますか？」

「いや、祖母がイギリス人だったそうですが、僕が生まれる前に亡くなっていて、僕自身は、こう見えて、日本生まれの日本育ちなんですよ」

「そうですか」

そのわりに、色素も薄く、日本人的要素が少ない。

父親がイギリス人であるユウリのほうがよっぽど日本人らしい顔をしていることを思うと、遺伝子が一人の人間を形成するその物理法則のようなものは、今もって謎《なぞ》だらけとしか言いようがなかった。

神の御手は、気まぐれなのか。

それとも、人智《じんち》を超えた計算によるのか。

他にも、名刺交換の流れの中でわかったのは、今回、コーディネーターとして同行してきた山村は、漆器の歴史や文化を研究している学術系の人間で、実際に漆器の制作に携わっているわけではないということだ。

それに対し、漆器産業協同組合から来た数名の代表たちは、みな、現代日本で漆器の制作と販売に関《かか》わっている職人や商売人たちである。そのため、宣伝を兼ね、それぞれの産地で作られた漆器をシモンのために用意してくれていた。

「へえ。漆器の産地って、意外にたくさんあるんですね。知りませんでした」

受け取った際、英語で書かれた冊子に目を通したシモンが言うと、通訳を介して内容を知った相手が、すぐさま嬉《うれ》しそうに日本語で応じた。

『そうなんですよ。——もっとも、日本人でも、そのことを知らない人間は多いと思いますが』

それに対し、通訳が口を開く前にシモンが日本語で応じる。

『そうですか。漆器は、普通名詞として小文字で「japan」と表記されるくらい日本文化を代表するものであるのに、残念なことですね』

とたん、一同が驚愕《きょうがく》する。

シモンが日本語を話せるとは、誰も思っていなかったからだ。しかも、敬語も含めて完《かん》璧《ぺき》な日本語である。

『——日本語が話せるんですか？』

目を丸くした相手の一人が言い、そのそばでは、通訳をしていた男が冷や汗をぬぐっている。なんといっても、このあと、彼が両者の間でなにをどう訳すか、間違いも含め、シモンにはすべてわかってしまうからだ。

『ええ。友人の影響で』

『それは、素晴らしい！』

感動した相手が、最初の会話に戻って言う。

『しかも、まさにおっしゃるとおりで、日本人の漆器への関心を高めるためにも、例のそちらが所蔵なさっているという「芝山細工」の蒔絵箪笥を、いつか、ぜひ日本でもお披露目できたらいいと思っています』

『それは、具体的にそんな話が出ているということですか？』

『いえ。――でも、芝山の継承者は、もはや日本に数人を残すのみとなっていて、その技術もいずれはなくなってしまう可能性があることを思うと、その前に、なんとかこの技術の素晴らしさを人々に知らしめたいんです』

『――なるほど』

シモンもその意見には賛成だし、そのための助力は惜しまないつもりだ。

だが、後継を育てるにしてもスマートフォンやインターネットという便利な機器や手段により、小さい頃から手元の操作ですぐに答えが返ってくることに慣れ親しんでしまっている若者たちに、かつての職人たちが持っていたような時間と根気と集中力のいる作業に耐え抜く力が備わっているものだろうか。

甚だ疑問と言わざるをえない。

便利さの陰で知らず失われていく才能。

百年後、はたして人類は芸術的感性というものを、持ち合わせていられるのか。

そして、だからこそ、芸術を守るためには、彼らのように、人類が手にしたかけがえのない技術を少しでも後世に残そうと努力する人たちが必要なのだ。

シモンが、相変わらず流暢《りゅうちょう》な日本語で答える。

『もちろん、その際は、ご連絡くだされば可能な限り尽力しますが、なにも、わざわざフランスから作品を持ち出さなくても、それこそ、探せば、日本にそういった美術工芸品がたくさんあるのではないですか？』

『いやいや』

相手は、首を振って否定した。

『明治期の美術工芸品は、ほとんどが海外の発注者向けに作られたため、その多くはヨーロッパの骨董《こっとう》市場で見つかります。芝山細工は特にそうで、日本ではあまり名前が知られていないのも、そのためなんです』

『――ああ、そういうことですか』

納得したシモンであったが、彼らが退席し、比較的若い三人が残されたところで、この時の会話の概要を、先ほどかたわらで冷や汗をぬぐっていた通訳を介して知ったらしいトニーが、「それにしても」と雑談めかして言い出した。人数が減ったことで、彼の中にあった緊張感がかなり薄らいだようである。

「さっきの話ですが、よくわからない理屈ですよね」

「さっきの？」

仕事のメールに返信するため、他の二人に断りを入れてスマートフォンを操作していたシモンがチラッと視線をやって訊《き》き返《かえ》すと、トニーは肩をすくめて説明する。

「ええ。だって、漆器文化振興のために、フランスにある作品をわざわざ日本で展示させてほしいと頼むくらいなら、今回、こんな機会があるのだから、蒔絵の素晴らしさを全世界に知らせるためにも、うちで日本の国宝を展示してくれてもよさそうなものなのに、なぜ、そうはならないんだろうという話です」

「――そうなんですか？」

事情を知らないシモンが意外そうに訊き返すと、「そうですよ」とうなずいたトニーが不満げに説明する。

「せっかくの特別展だというのに、目玉となるような蒔絵の貸し出しを日本側がずっと渋っているんです。――ね、ミスター・ヤマムラ？」

唐突に話題を振られ、当の山村がきまり悪そうに応じる。

「たしかに、国宝に限らず、私が思っていた以上に、日本政府は古い蒔絵の貸し出しを渋っています」

「それは、警備上の問題ですか？」

シモンの質問に対し、少し考えてから山村は言った。

「というか、あれは、むしろトラウマですね」

「トラウマ？」

「ええ」

うなずいただけで詳しい説明を省いた山村が、トニーに向かって「でもね」と反論する。

「言ったように、国宝の貸し出しは無理でも模造品《レプリカ》の貸し出しについて交渉を進めていますし、国宝には指定されていなくても、企業の美術館や寺社などが所蔵している美しい蒔絵作品が日本にはたくさんあるので、まったく問題ないですよ。――それとは別に、今回持ち出せなかったものについては、歴史や神話などと絡めた幻想的なプロジェクションマッピングも用意しますので」

力説しながら、山村は、自分のタブレット型端末を操作して、資料となる画像を表示して見せる。

だが、それらの話から察するに、どうやら、目玉となる展示物の貸し出し交渉が難航しているため、その分を補うという意味で、ベルジュ家の所蔵品に白羽の矢が立ったということのようである。

だとしたら、この急な依頼もわからないではない。

山村が「ほら」と言う。

「見てください。――右側が平安時代に作成された国宝『片輪車蒔絵螺鈿手箱《かたわぐるままきえらでんてばこ》』で、左側がその模造品《レプリカ》です。まったくといっていいほど遜色《そんしょく》ない仕上がりとなっているでしょう？　というより、日が浅いぶん、色も鮮やかです」

「だけど、模造品《レプリカ》はあくまでも模造品《レプリカ》だから」

「でも、それなら、これはどうです。金蒔絵の手箱です。こちらも模造品《レプリカ》ですが、大正時代から昭和初期にかけて活躍した漆芸家の手によるもので、もはや原物を凌《しの》ぐ出来栄えといえなくもないでしょう」

「――ああ、たしかに」

金色の美しい蒔絵を目にしたシモンが感嘆していると、一緒に覗《のぞ》き込《こ》んだトニーが「あれ？」と声をあげた。

「僕、これ、見たことがありますよ」

「そうなんですか？」

「ええ。祖父のコレクションに同じものがありました。――まあ、大きさは、たぶん、もっとずっと小さかったはずですけど、あ、そう、こっちの小さいほうのやつ」

「金蒔絵の小箱？」

「ええ、これに間違いありません。開けようとしたら、ものすごい剣幕で怒られたので、よく覚えています」

すると、眉《まゆ》をひそめた山村が、「いや」と否定した。

「それは、ありえない。これが海外に流出するなんてことは、絶対にないはずです。聞いたことがない」

「ああ、まあ、それこそ、なにかの記念に作られた模造品《レプリカ》かもしれませんが、あったのはたしかです。この目で見たんだから間違いない。――ちょうど、先日、その祖父が亡くなり、今週末に遺品を整理しにいくことになっているので、なんなら一緒に来ますか？　お見せしますよ」

それに対し、山村が返事を迷っている間に、シモンが尋ねた。

「その亡くなったというおじい様は、生前、日本へいらしたことがあるんですか？」

「ええ」

うなずいたトニーが、「コナーズ家は」と続けた。

「先祖が開国直後の日本に渡って以来、あの国とは縁がある家系なんです。――僕が小さい頃に聞いた話では、祖父も、自分の父親や祖父から昔話を聞かされて育ったせいで、日本への憧《あこが》れが強く、戦後の高度経済成長期にある日本に渡り、数年間、あちらで過ごしたそうなんです」

「へえ」

自身も日本とは縁の深いシモンが興味深そうに相槌《あいづち》を打ったので、興に乗ったらしいトニーが「しかも、その時に」と打ち明け話をするように身を乗り出す。

「どうやら、祖父は東洋の神秘とも言える不思議な体験をしたらしく、箱は、その証《あかし》ということでした」

「不思議な体験――?」

山村が半信半疑の声音で口をはさみ、トニーが「そうです」と応じて続きを話す。

「当時、伊豆《いず》の温泉地を巡っていた祖父は、散歩をしていて足を滑らせ、崖《がけ》から海に転落したそうなんですが、その時にケガをした祖父を助けてくれた娘さんというのが、まるで極楽浄土のような稀有《けう》な場所の住人で、祖父は、そこで、その娘さんと夢のような日々を過ごしたそうなんです」

「……それは、まるで『浦島太郎』みたいな話ですね」

シモンがそこだけ日本語のタイトルとして言うと、指をあげたトニーが嬉しそうに応じる。

「ああ、もしかして、ウラシマの話をご存じなんですね?」

「まあ、いちおう」

「すごい。日本語がお上手なだけでなく、おとぎ話まで知っているとは」

感心したトニーが、「でも、よかった」と続ける。

「僕は、祖父からその昔話を聞いて知っていましたが、祖父は、まさにそのウラシマのような経験をしたらしく、それで言ったら、あの箱は、ウラシマが手に入れたという神秘の箱に相当すると思いませんか？」

「——『玉手箱』ですね」

シモンが正確な名前をつぶやくと、「ああ、そうです」とトニーが認める。

「そんなような名前でした。——もちろん、わが家でも、その金蒔絵の小箱は絶対に開けてはいけない禁忌の箱とされていましたし、実際、祖父は、海に落ちてから三年ほど行方不明になっていたというから、驚きでしょう」

「三年ですか⁉」

「ええ。おかげで、バーミンガムにある祖父の墓には、没年が二つに分けられて記されているんです」

明るく言っているが、つまり、一度は死んだものと思われて、死体がないまま葬儀が行われたということだろう。

「それは、本当に不思議な話ですね」

さすがのシモンも水色の瞳《ひとみ》を丸くして応じると、途中から真剣な表情になって話を聞いていた山村が、「先ほど」と確認する。

「貴方《あなた》のおじい様は、伊豆の温泉地を巡っていたと言いましたね？」

「ええ」

「そこで、海に落ちて、近くの村人に助けられた？」

「村人なのかリュウグウ・パレスの人たちなのかはわかりませんが」

冗談っぽく浦島太郎の昔話に出てくる場所の名前をあげたトニーが、楽しそうに言った。

「とにかく夢のある話で、僕は、それを聞いて、骨董というもののロマンに取《と》り憑《つ》かれてしまったんです」

すると、先ほどまでの懐疑的な態度から一変して、急に並々ならぬ興味を抱いたらしい山村が、「だとしたら」と申し出る。

「ぜひとも、週末ご一緒して、そのおじい様のコレクションとやらを見せていただけたらと思います」

「いいですよ。——ただ、そういえば、あの箱、最近は目にしたことがありませんでしたが、探せば、きっと、どこかにあるはずです」

あっさり応じたトニーが、シモンに対しても訊く。

「せっかくなら、ミスター・ベルジュもいかがですか？」

「ありがとうございます」

シモンは、スマートフォンを内ポケットにしまいながら笑顔で応じる。

「魅力的なお話ですが、残念ながら、週末は友人の家の夕食会に招かれているので、ご遠慮させていただきます」

断ったあとで、「それより」と違うことを尋ねる。

「先ほど、日本政府が古い蒔絵の貸し出しを渋っているのはトラウマのせいだとおっしゃっていましたが、それは、具体的にどういった事情なんでしょう?」

「――ああ」

山村は、どこかもの思わしげな表情になりながら、ポツンと告げる。

「海難事故ですよ」

「海難事故?」

「ええ。――かつて、神宝とも言える貴重な蒔絵を万国博覧会に出展したことがあるんですけど、その運搬の途中で海難事故に遭ってしまい、途方もなく大事な作品が海の藻屑《もくず》と化したんです。――以来、古い蒔絵の貸し出しには、やけに神経質になってしまって」

「なるほどねえ」

納得するシモンに、トニーが「だけど」と口をはさんだ。

「それって、百年以上も前の話なんでしょう?」

「ええ、まあ」

「だとしたら、そろそろトラウマとも向き合う必要があるのではないですか？」

あくまでも国宝の貸し出しにこだわるトニーに対し、山村が「ですから」となだめる口調になって応じる。

「交渉は続けますし、駄目でも、遜色ないものを取《と》り揃《そろ》えますから、ご心配はいりませんって」

それを傍《はた》で聞きながら、シモンは、今回の話を受けるかどうか、いささか悩むところだなと考えて、小さく溜息《ためいき》をついた。

2

シモンがサウスケンジントンにある博物館に出向いていた頃。

ウエストエンドの一角にある「アルカ」の地下倉庫では、ユウリが午後の時間を使ってずっと探しものをしていた。

そこは、なんとも奇妙な空間だ。

パッと見は、地下の要塞《ようさい》を思わせる。

事実、かつては秘密の地下聖堂として使われていたらしく、人の手で掘り出された巨大な岩肌がオレンジ色の灯火に照らし出され、隅っこのほうには、祭壇らしき段差や壊れた石棺などが今も残っている。

とはいえ、大部分を埋めるのは手作りの棚で、そこには、かつてさまざまな工芸品や民芸品のようなものが所狭しと並んでいたのだが、今は、それらすべてにファイル番号が振られ、一つ一つがさまざまな大きさの段ボール箱に収められている。

しかも、段ボール箱の側面には写真付きのラベルが貼《は》ってあって、見事なまでに整理整《せい》頓《とん》がなされていた。

ただし、どれほど完璧に思えるシステムも、探すものが明確にわかっていなければ、ほとんど意味をなさない。

そして、ユウリが今やろうとしているのは、まさにそっちで、ファイル番号から目当てのものを探すのではなく、数ある収蔵品の中から、わかっている形状を頼りになにかを見つけ出そうというあてどない探求の旅であった。

「……う〜ん。これも違うしなあ」

棚に取りつけられた可動式の梯子《はしご》をのぼって上段のものを確認したユウリが、隣の棚まで身体《からだ》を伸ばしてラベルを覗く。

「こっちも違う。……ニコンディ？　……って、なんだろう」

ラベルに書かれた文字を正確に読み取れなかったユウリは、そのいささかグロテスクな人形の写真を見て、あっさり別のものへと視線を移す。その箱に黄色と黒の危険物マークが貼られていることから言っても、あまりいいものではないのは明らかだったし、目当てのものとは似ても似つかない形状だからだ。

ユウリが探しているのは、昨日の午後、店に来た客が話していた金の小箱だ。

午前中にミッチェルが探した結果、表に出せる骨董品の在庫には、それに該当するものがなかったため、午後の店番は彼にお願いし、ユウリは、こうして地下に潜って探しものをしているというわけである。

そして、これこそが、ユウリの本来の仕事である。

繰り返しになるが、この地下倉庫には、世に「いわくつき」と呼ばれる怪しげなモノたちが、それぞれ封印を施されて眠っていて、なにも起こらなければなにもないまま、こうしてここにあり続ける。

だが、時として、これらのモノたちにふいに霊的な動きが見られることがあり、そのきっかけとしては、今回のように外部から訪れる刺激の場合もあれば、内部でなにかが起きる場合もあった。

そして、ユウリは、そういった突発的な状況に対処するために、ここにいる。

逆に言えば、平穏無事の間は、一日に訪れる客の人数から考えても、ミッチェル一人でも対応は十分可能であるため、ユウリがいる必要などまったくなくなる。

（……やっぱり、根本的に考え直したほうがいいかもしれない）

悩みつつ、見終わった棚から別の棚へと移り、また上から順番に内容物を確認していく。

こうして改めて見ると、ここには、古今東西のあらゆるものが存在した。

（下手をすれば……）

ユウリは、思う。

（ここのものだけで、小さな博物館ができあがりそう）

ただし、その博物館の名前には、残念ながら「呪《のろ》いの」といったおどろおどろしい形容が欠かせない。

そんなことを考えながら棚の中段を覗き込んだユウリは、そこで「あ」と言って手を止めた。念のため、ポケットからペンライトを取り出してラベルを照らし、「やっぱり」と嬉しそうにつぶやく。

「見つけたかも」

そこでペンライトをポケットにしまい、目の前の箱を小脇《こわき》に抱えて慎重に梯子を降りていく。

室内には、林立する棚とは別に、入り口のそばにさまざまな用途に使える大きな台が用意されているため、ユウリはいったんその上に段ボール箱をおろし、蓋《ふた》を開けてから手袋を取り出して両手にはめる。

ここにあるものは、多くはガラクタやオモチャであるとはいえ、けっこうな確率で骨董的価値の高い美術品なども交ざっているので、中身を確認する際は、このような白い手袋の装着が欠かせない。

段ボール箱を開けると、まず目に入ったのは桐箱だった。高価なものをしまう際に、日本人がよく使う、あの桐箱だ。

だが、ユウリはすぐにはそれを取りあげず、まずは段ボール箱の中に一緒に入っていた紙の注意書きに目を通した。

それによると、中身は危険物でないため、取り出すことは可能だが、決して禁忌に触れないようにと警告されていた。この場合の「危険物」とは、当たり前だが、物理的に爆発したり毒素が含まれていたりということではなく、霊的障害という意味で危険かどうかということだ。

つまり、これから取り出すモノ自体には呪いなどかかっていないが、モノに課せられた禁忌を犯すことに警鐘を鳴らしている。

そのせいだろうが、取り出した桐箱には封印らしい封印もなく、ユウリは台の上に置くと、蓋をそっと開けた。

とたん、まばゆい金色が目に入る。

「……うわ」

ユウリは、驚いた。

本当に、金色をしているからだ。

「きれいだなあ」

高価な美術品を扱う心づもりで慎重に桐箱から中身を取り出したユウリは、ゆっくりとそれを鑑賞する。

まさに、一個の芸術品といえよう。

沃懸地《いかけじ》に菊と千鳥のようなものが描かれた螺鈿蒔絵の小箱で、昨日男が説明していたとおり、まばゆい金色をしているが全体的に落ち着いていて、印象としては「のっぺり」している。

彼が話していた小箱がこれであるのは、まず間違いないだろう。

ただし、男は一つだけ特徴を逃していたようで、その小箱には組《く》み紐《ひも》を使った紐結びが施されていた。しかも、その結び目というのが、ユウリがこれまで見たことのあるどんな結び目よりも複雑で、下手に解いてしまったら、二度と同じ結び方をすることはできないように思われる。

この手の紐結びというのは、日本で発展した一種の鍵《かぎ》である。

同じ結び目を作ることができるのは結んだ当人だけで、たとえ箱の蓋を開けることができても、同じ結び方ができない限り、箱を開けたことが結んだ人間にばれてしまうという意味での鍵だった。

「なるほど。……これが、禁忌ってわけだ」

つまり、この小箱には「開けるべからず」という禁忌が課せられている。

「となると、これって、たぶん、日本で言うところの『玉手箱』とか、そんな類《たぐ》いのものになるんだよなあ」

少なくとも、それを意識して作られたものであるはずだ。

それが、なぜロンドンのこんな場所に眠っていて、さらに探しているのが英国人であるのか。

謎は深まるばかりだ。

そこで、ユウリは、今度こそファイル番号で照会し、これがどういう経緯でここに預けられ、さらに誰のもとに返すべきなのか——つまりは、昨日来た客の素性を調べることにし、いったん、金の小箱を桐箱に戻す。

なんと言っても、この箱がここにあるということは、いまだかつて、これが骨董品として表に並んだことはないはずで、その存在を知っていたあの客こそが、預け主であるはずだからだ。

(だけど、だったら)

先ほどとは逆の順番を辿《たど》って桐箱を段ボール箱に入れながら、ユウリは考えた。

昨日、ミッチェルとも少し話したが、そもそものこととして、最初から預け主として堂々と連絡してきてくれたらよかったのに、なぜそうしなかったのか。もし、始めからそう言ってくれていたら、こんなふうにユウリが苦労して探し出す必要はなかったのだ。

若干理不尽さを覚えながら段ボール箱を棚に戻すユウリの背後で、その時、ふいに声がした。


「悩んどる、悩んどる」

「そんなに悩んで、かわいそうに」

「だからといって、返す相手を間違えるなよ」

「たしかに。──間違えたら、えらいことになる」


人の声というより、空間から降って湧《わ》いたような声で、ハッとして振り返ったユウリは勢いあまって梯子から落ちそうになる。

慌てて両手で手摺りにつかまり難を逃れたが、ホッとしたのも束《つか》の間《ま》、見まわしたところに、人は立っていなかった。

そのことに、ふたたび驚かされる。

誰もいない。

だが、声はした。

たしかに、ここはそういう場所であるとはいえ、びっくりはする。

だけど、しかたない。

ここでは、さまざまなものが眠り、眠りながら時々目覚める。

ややあって、少し落ち着いたところで声の源を探るように首を巡らせたユウリは、ある場所に行き当たったところで視線を留めた。

そこに、一つの石棺がある。

切《き》り妻《づま》型の蓋を持つ大きな石棺で、蓋の両端には天使の像の縁飾り《アクロテリア》が据えられているのだが、実をいえば、この二人の天使の位置が時おり入れ替わるのだ。

どうやら、人が見ていない隙に動くらしい。

それが発覚したため、この石棺はここにあるということのようだが、なにぶんにも大き過ぎて棚には載らないため、しかたなくここに置いてある。

だが、しゃべるとは聞いていなかった。

首を傾《かし》げたユウリは、天使の像に視線を留めたまま、言われたことをそっと繰り返してみる。

「返す相手を間違えるな――？」

いちおう語尾をあげて疑問形にはしてみたが、それに応える声はなく、いろいろとややこしいなと思いながら小さく溜息をついたユウリは、胸ポケットから取り出した万年筆で手帳にファイル番号をメモして、地下倉庫をあとにした。

3

ミッチェルがタブレット型端末で帳簿をつけていると、午後、ずっと地下倉庫に籠《こ》もっていたユウリがあがってきた。

実は、昼に降りていったきり、あまりに姿を見せないので、地下倉庫で倒れているのではないかと密《ひそ》かに心配していたのだが、どうやらそれは杞憂《きゆう》であったらしい。

ただ、手にしているのは金の小箱ではなく、一冊のファイルで、しかも、それを読みながら歩いていたので、途中、段差に引っかかって転びそうになっていた。

(……やれやれ)

なんとも危なっかしい相手を眺めつつ、ミッチェルが声をかける。

「金の小箱は見つからなかったんですか?」

とたん、ハッとして顔をあげ、警戒するようにあたりを見まわしたユウリが、ミッチェルの姿を見てホッとしたように肩の力を抜いた。だが、考えてみれば、この店には基本ユウリとミッチェルの二人しかいないのだから、声をかけるとしたらミッチェル以外にないはずで、そこまで驚く必要もないだろう。

よほど、なにかに熱中していたか。

あるいは——。

（地下倉庫には、彼に声をかけるような別のなにかが存在しているのか——）

ただし、ミッチェルは地下倉庫への出入りを禁じられているので、知りたくても、それをたしかめる術《すべ》はない。

もちろん、ユウリに尋ねるのもご法度だ。

ユウリが答える。

「見つかりました」

そう言うわりに、それらしいものを手にしていない。

その事実を示唆するようにミッチェルが首を傾げてみせると、気づいたユウリが慌てて付け足す。

「ただ、事情がはっきりするまでは、念のため、地下倉庫に置いておこうと思って持ってきませんでした」

「ああ、なるほど」

納得したミッチェルが、顎《あご》で示して言う。

「それなら、そのファイルは？」

「金の小箱に関するものなんですけど」

話しながらユウリがそばに寄ってきたので、ミッチェルは開いていたタブレット型端末の画面を閉じ、まだ湯気の立つ紅茶のポットを取りあげる。

「その前に、君も飲みますか？」

「あ、いただきます」

即答だ。

考えてみれば、地下倉庫に降りてから今まで、食べ物どころか飲み物一滴口にしていなかっただろうから、それは喉《のど》もカラカラに渇こうというものだ。しかも、言われるまでそのことに気づかないあたり、とてもユウリらしい。

もっとも、夏場の今は、気をつけていないと熱中症になってしまう。

ミッチェルが、「そういえば」と提案する。

「さっき、私の友人が来てケーキを差し入れてくれたので、よければ、それも――」

「食べます♪」

みなまで言わせず答えたユウリに対し、ミッチェルが小さく笑って、「それなら」と言いながら給湯室へと移動する。

「せっかくだから、お茶も淹《い》れ直《なお》しましょう」

そこでユウリも手伝い、ミッチェルがお皿にドライフルーツがたくさん入ったパウンドケーキを切り分けている間に、沸かしたお湯で二人分のお茶を淹れ直した。

そうして、焼き菓子と紅茶で午後のお茶の時間にしつつ、ユウリから渡されたファイルを読んだミッチェルが言った。

「問題の金の小箱は、預け主が死亡した場合、速やかに持ち主に返す——という条件で預かったことになっていますね」

「そうなんです」

ユウリがフォークでパウンドケーキを食べながら応じ、ミッチェルがさらに尋ねる。

「ということは、預け主と持ち主は別にいたということですかね？」

「そのあたりの事情が、そこにある資料だけではよくわからないので、今さっき、そこに書いてある連絡先に電話をかけてみたんですけど、どうやら、今は使われていない番号らしくて通じませんでした」

「なるほどねえ」

ミッチェルが、紅茶を飲みながら考える。

たしかに、預け主がすでに死んでいるなら、電話が使えなくなっていてもおかしくないし、そうなると、事情を聞くのは難しい。

ただ、預け主の遺族がいるなら、それを捜し出して尋ねてみる価値はあるだろう。

ミッチェルが訊く。

「昨日訪ねてきた客が、この預け主——名前はえっと、アンドリュー・コナーズね——彼本人か、亡くなっている場合は、その遺族である可能性はありませんか？」

「そうですね。僕も同じことを考えていたんですけど、年齢的に見て、アンドリュー・コナーズ本人とは考えにくいです」

「預けたのが二十年近く前だから、まあ当時、成人していたとして、現在は四十歳以上ということになるのか。仮に、預けた時の年齢が六十代であれば、現在は八十代。——そこまでいけば、死んでいても決して不思議ではない年齢ですね」

「はい」

認めたユウリが「でも」と続ける。

「昨日来た方は、どう見積もっても二十代か、いっても三十代前半でしたから」

「つまり、本人でなければ、その遺族——まあ、まだ家族かもしれないのか——か、あるいは関係者……」

もし家族や関係者であったのなら、アンドリュー・コナーズがまだ生きていると仮定して、彼からなんらかの形で話を聞き、興味を持ってこっそり訪ねてきたと考えることもでき、だとすれば、堂々と名乗れなかったことにも納得がいく。

とにかく、まずは預け主か、その周辺の人物と連絡を取ることが先決で、ミッチェルがファイルを閉じながら「わかりました」と言う。

「この方の連絡先を調べてみます」

「え、いいんですか？」

驚くユウリに対し、ミッチェルが肩をすくめて応じる。

「はい。――オーナーの不在中に貴方が地下倉庫にあるものの件で動き始めたら、事務的なサポートをするようにと、言われていますから」

「え、オーナーって、アシュレイ？」

「ええ。――他にいませんよね？」

言ったあとで、ミッチェルが少し意地悪く付け足した。

「少なくとも、私にとっては」

おそらく、昨日、シモンが堂々と「オーナー」を名乗ったことへの嫌みだろう。

首をすくめたユウリが、慌てて謝る。

「すみません、そうですよね」

それから、改めてつぶやいた。

「だけど、へえ、……アシュレイがねえ」

そんなユウリをおもしろそうに眺めやり、ミッチェルがセピア色の瞳を細めて訊いた。

「余談ですけど、君は、アシュレイとは連絡を取っていないんですか？」

「あ？」

そういう質問をされるとは思っていなかったユウリが、意表をつかれたように訊き返す。

「僕が……ですか？」

「はい」

「アシュレイと？」

「そうです」

「取っていません」

「なぜ？」

「なぜって」

改めて問われると、理由は存在しなかった。

強いて言うなら、必要な時には向こうから連絡してくるという考えが頭に染みついてしまっているだけである。それも、ユウリが一方的に思っているだけで、アシュレイがどう考えているかは訊いたことがない。

答えに悩むユウリに、ミッチェルがさらに言う。

「私が聞いた話では、君は、アシュレイと連絡を取れる稀有な人物の一人ということでしたが、それなのに、連絡を取っていないというのは、なにか理由があってのことなんでしょうか？」

言ったあとで、「ああ、もちろん」と大人の対応を示して付け足す。

「無理に話す必要はありませんけど、興味があったので、いい機会だからと思って、尋ねてみました」

「……はあ」

返事を保留にしたまま、ユウリは、目の前で紅茶のカップを持つ年上の青年を改めて観察する。

まだ会って日の浅いミッチェルは、一言で言って、つかみどころのない人間だ。

アシュレイも謎めいているが、それでもアシュレイはアシュレイらしい確固たるなにかが存在したうえでの謎めき方なのだが、ミッチェルの場合、対応の仕方が漫然としているという意味で謎だった。

悪い人ではなさそうなのだが、そうかと言って、完全にいい人とするには、腹に一物持っていそうな雰囲気がある。

若干年上のせいもあるのだろうが、アシュレイとの関係性もいまだ不透明であるため、ユウリは、今の時点で言えることだけを口にする。

「アシュレイはアシュレイなので、たぶん、必要なら向こうから連絡してくるはずですから」

すると、片眉をあげて異論を示したミッチェルが、「それで」と訊き返す。

「君自身は、いいんですか？」

「僕？」

そんなことは考えたこともなかったユウリが、今度は素直に返答する。

「はい。特にこれといって不都合はありません」

「――なるほど」

どこか呆《あき》れたように、だが、その実、納得がいったようにミッチェルが応じた時、入り口のベルがカランと鳴ったので、ユウリが立ちあがる。

だが、やってきたのは客ではなく仕事あがりのシモンで、ペイズリー柄のネクタイに合わせたゴールドブラウンの三つ揃いが、夏の夕べにもかかわらず、実にすっきりとしてよく決まっていた。

「やあ、ユウリ」

「シモン」

「そろそろ店じまいだと思って、寄ってみたんだけど」

それに対し、ユウリが応じるより早く、ミッチェルがファイルを持ちあげながら言う。

「構いませんよ。店じまいはしておくので、今日はもうあがってください。探しもので疲れたでしょうし、この件については、ひとまず私のほうで処理しておきます」

「本当に、いいんですか？」

「ええ」

「なら、お言葉に甘えて、お先に失礼します」

ミッチェルに挨拶したユウリは、ドアを開けて待っていてくれたシモンと肩を並べ、仲睦《むつ》まじげに店を出ていった。

4

シモンは現在、ベルジュ・グループが買い上げたベルグレーヴィアの一角に建つ古いレンガ造りのフラットに異母弟のアンリと一緒に住んでいる。

一方、ユウリは、基本、今までどおり、ハムステッドにあるフォーダム邸で暮らしているのだが、日本で子育てをしていた母親が次男のクリスを連れてロンドンに戻ってきたという事情があり、実家はなにかと落ち着かない。

そんな折、急遽《きゅうきょ》「アルカ」の店主を引き受けることになったため、それと同時に店の上階にあったミスター・シンの住まいも一緒に引き継ぐことができ、思わぬところで一人になれる別宅を持つことになった。

ただし、そこは本来アシュレイが拠点の一つとするはずであったことから、アシュレイも自由に出入りできてしまうため、思案の末、内部を改装する際に、シモンが使える部屋も用意してしまった。

シモンの場合、ユウリと違って、ベルグレーヴィアの広々としたフラットでも十分独立性は保てるのだが、事情が事情であるだけに、駆け引きに駆け引きを重ねて現在の状況が作り出されたといえよう。

結果、建物の一階と二階部分を占める「アルカ」の上階には、ユウリとシモンとアシュレイの三人が好きに使える居住スペースができたのだ。

ただし、シモンは基本、ユウリが一緒の時以外は、立ち寄らないようにしている。ユウリがいない時にアシュレイに出くわしたとして、シモンにとっていいことは何一つないからだ。

「アルカ」を出たユウリとシモンは、店の裏手にあるエレベーターを使って階上へとあがった。エレベーターは鍵を差し込まなければ動かないシステムで、降りたところにあるのも、居住スペースのドアだけだ。

部屋に入って電気をつけ、建てつけの悪い窓を開けていたユウリを、背後のシモンが凍りついたような声で呼んだ。

「ユウリ――」

「え？」

何ごとかと思って振り返ると、こちらに背を向けたまま動かない貴公子の姿がある。

驚いたユウリが近づいていくと、シモンが固まったまま報告する。

「僕の目の錯覚でなければ、この部屋にウミガメがいる⁉」

「――ああ、それね」

シモンの挙動に納得したユウリが、床の上のウミガメに近寄りながら教えた。

「これ、置物なんだよ」

「――置物？」

疑心暗鬼の声で応じたシモンが、ユウリの動きを水色の瞳で追いながら続ける。

「それが？」

「そう。――本物そっくりで、びっくりだよね」

「本物そっくりというか、本物にしか見えない。――剝製《はくせい》でもないのかい？」

「剝製？」

それは考えてみなかったユウリが、両手で持ちあげたウミガメを改めて見て、再度つぶやく。

「――剝製」

それから、シモンを振り返って訊く。

「え、これ、剝製？」

「さあ、僕に訊かれても」

鹿《しか》や熊《くま》の剝製は見たことがあっても、ウミガメを間近で見たことのない二人は、それが剝製かどうかの区別がつかない。

言い換えると、それくらい精巧にできているのだ。

ややあって、ユウリがウミガメを床に置きながら答えた。

「なんであれ、生きてはいないから」

「そのようだね」

「誰かの忘れ物らしくて、気づいたら店内にあったんだけど、売り物でないのは間違いないので、ひとまずこっちに置いておこうと思って持ってきたんだ。――持ち主が取りに来たら返すつもりで」

「なるほどねえ」

足下のウミガメをマジマジと見おろしつつ、シモンが言う。

「だけど、こんなものを忘れていく人がいるのかい？」

言ったあとで、「そっちのほうが信じられない」とつぶやいたシモンをチラッと見やり、ユウリも溜息交じりに応じる。

「そこなんだよねえ」

ミッチェルも同じことを言っていたが、ユウリ自身、それは感じていて、ウミガメを部屋に持ってきたのも、ある考えがあってのことだった。

経験上、気づかないうちにその場に出現したものには、なにか意味がある場合が多い。

言い換えると、あるべくして、そこに現れる。

そうなるに至る経緯は、さまざまだ。

知らず誰かが落としていくとか、手放したくて捨てていくとか。

ひどい時には、モノに取り憑いているなにかに意識を乗っ取られ、それとわからないうちに運んでいる場合もある。そんな時、運び終わった人は、人混みの中でハッとし、なぜ自分がそこに来たのか思い出せなかったりする。

気の毒な被害者だ。

とにかく、そんなこんなで、モノやモノに取り憑いているなにかの意思で、モノのほうからこの場にやってくるということも、ままあるのだった。

もしかしたら、このウミガメも、その類いであるのかもしれない。

考え込んでいたユウリに対し、ひとまずウミガメからは興味を逸《そ》らしたシモンが、「そうそう」と言いながら持っていた紙袋を差し出して言う。

「これ、今日の会合で紹介された日本の職人さんからもらった漆器なんだけど、よかったら、ここで使わないかい?」

「漆器?」

シモンから紙袋を受け取ったユウリが、中身を取り出しながら訊き返す。

「でも、なんで漆器？」

そこで、シモンが会合の趣旨を簡単に説明してくれる。

「……へえ、蒔絵の特別展か」

聞き終わったユウリが興味深そうに応じ、「そういえば」と続けた。

「ロワールの城には、螺鈿細工の施されたすごい蒔絵箪笥があったよね」

「ああ。まさに、それがお目当てのようで、『芝山細工』というのだけど、ユウリは知っている？」

「ううん。聞いたことない」

「それなら、やっぱり漆器産業協同組合の人が言っていたように、当時、海外向けの作品作りをしていた工房なんだろう」

納得しているシモンの前で、漆器を取り出していたユウリが「あ、これ」と言った。

「漆器のコーヒーカップだ。珍しい」

「どれ？」

そこでユウリが取り出したものを見ると、たしかに、取っ手のついた輪島塗りのコーヒーカップで表面の艶《つや》と側面にアクセントとしてつけられた波千鳥の蒔絵がなんとも美しいものだった。

しかも、内側はどれも白いが、外側の色がすべて違う。

朱色。

黒。

朱の溜色《ためいろ》。

黒の溜色。

そして、最後はなんとも珍しい緑色だ。

「漆器の緑って、珍しくないかい？」

「うん。——しかも、どれも、かなりいいものだと思う」

「そうだろうね」

シモンも一つを取りあげて眺め、「こうしてみると」と感心したように言う。

「かなり好きかもしれないな、漆器」

「落ち着くよね」

「せっかくだから、それでコーヒーを飲もうか？」

シモンの言葉に、それまでとは違って「う〜ん」とやや悩ましげに応じたユウリが、キッチンに移動しながら説明する。

「こういうきちんとした漆器って、最初に少し湯通ししたほうがいいから、使うのはまた今度かな」

「そうなんだ」

「うん。――でも、コーヒーは飲みたいから淹れるね」

「ぜひ」

賛同したシモンが、続けた。

「袋の中に、手土産の羊羹《ようかん》もあったろう。――合うかどうかはわからないけど、よければそれも一緒に食べないかい」

どうやら、お腹《なか》が空《す》いているらしい。

「いいね」

笑ったユウリが、情報を付加した。

「チラッと見た限りでは、黒糖を使った羊羹みたいだったから、たぶん、コーヒーに合うはずだよ」

そこで切り分けた羊羹を菓子皿に載せ、せっかくだからと、使えないまでも漆器のコーヒーカップをテーブルの中央に飾って鑑賞しつつ、二人は淹れたてのコーヒーとともに羊羹を食す。

このあと夕食も食べることになっているが、空腹を抱えた若い二人にとって、羊羹の一切れくらい前菜の前菜といった感覚だ。ただ、ユウリに至っては、先ほどケーキも食べたばかりだったため、心持ち分量を減らしておく。

部屋の内装は、ユウリが一から手がけただけはあり、和洋折衷のすっきりとして温かみのあるものになっている。

もともとあった作り付けの家具が古きよきイギリスのものであったため、基本、オールドイングリッシュを思わせる木目調の調度類だが、そこに上手に中国風の飾り棚などを組み込み、カーテンやクッションの色でアクセントをつけている。

通りのざわめきがかすかに聞こえてくる窓辺でコーヒーカップを持ちながら、ユウリが「そういえば」と話し出す。

「以前、幸徳井《かでい》家のお茶事の席で漆芸家の人と話したことがあるんだけど、その人が言うには、漆器は、日本で『魂の器』と考えられてきたということなんだ」

「『魂の器』？」

「うん」

話に出てきた「幸徳井家」というのは、ユウリの母親の生家で、京都に千年続く陰陽道《おんみょうどう》宗家の家系であった。京都北部に位置する広大な敷地《しきち》の中には、正式な茶会を催すに足る由緒ある茶室も存在した。

ユウリが、窓の外に視線をやって続ける。夕方とはいえ、あたりはまだまだ明るく、裏庭を渡ってくる宵風が少し生ぬるい。

「その人の話は一種の文化論のようなものだったけど、彼によると、日本人の本質には感謝の心があって、その根本は、自分より上のものに対する辱《はじ》の心らしいんだ」

「辱？」

意外そうに応じたシモンが、確認のために訊き返す。

「つまり、恥ずかしいということ？」

「うん。……このあたり、本当に日本人っぽいと思ったんだけど、日本人が大好きな言葉としてあげられる『ありがとう』の源流には、『稀有《けう》である』という意味での『ありがたい』はもとより、『かたじけない』とか『もったいない』という意味合いがあって、それは、自分には分不相応のものを賜ったことに対する感謝の気持ち……といった、ある種のへりくだりがあるんだって」

「ふうん？」

あまり納得のいっていない様子の相槌に対し、ユウリが「ただ」と話を続ける。

「それって人間同士のこととしてとらえると若干情けない気もするけど、対象が、なんというか、『神』とか『自然』とかになってくると、また話は違ってくるよね？」

「ああ、たしかに」

応じたシモンが、ようやく納得がいったような口調になって言い換えた。

「つまり、卑屈なまでの感謝の気持ちは、自然界や人智を超えるものに対する姿勢であって、西洋人の言うところの『神を敬う』ことに通じるわけだ」

「そうだけど、日本人——特に古代の日本人——の場合、それは身のまわりのものすべてに対する共通する想《おも》いで、漆器は、そんなモノたちへの感謝の気持ちを届ける役割を負っていたからこそ、『魂の器』ということになるようなんだ。そして、実際に、東南アジアの漆器は実用品としてスタートしたけど、日本は、縄文時代にまで遡れるその始まりが祭事具であったということらしい」

「祭事具ねぇ」

「それでもって、これは、あくまでも僕の想像なんだけど、肉体をただの肉体から生命のある肉体にするのって血液だよね？　——いわゆる『血が通う』ということで」

「まあ、人が生命活動を維持できるのは血液が循環するからだと思えば、そうとも言えるかな」

応じたシモンが、飲んでいたコーヒーカップを置き、「なるほど」と人差し指をあげながら一歩先を読んで言う。

「ユウリの言いたいことはわかったよ。——漆は樹液であれば、それは自然界が流した血ととらえることができ、ゆえに、漆で塗装することで、ただの器物に魂を宿らせると言いたいんだね？」

「そのとおり」

さすが、一を聞いて十を知るシモンである。

うなずくユウリからテーブルの上に飾られた漆器のコーヒーカップに視線を移したシモンが、先ほどと同じようにそのうちの一つを取りあげ、改めて手の中に包み込みながら感慨深げに言う。

「たしかに、このなんとも言えないぬくもりと優しさには、血の通ったなにかがあるように思えるね」

「うん」

認めたユウリが、シモンを真似《まね》して一つ取り、眺めながら続ける。

「日本人の中には、心にひどく傷を負った時に、漆の器を持つことで魂が救済されると感じる人もいるらしくて、もちろん、そのことになんら医学的根拠があるわけではないということをわかったうえで、その漆芸家の人は、精神のバランスを失っている知人に、特になにも言わずに自分が制作した漆器を贈るようにしていると言っていた」

「まあ、心が温まるという意味では、冷たい陶磁器よりかはいいかもしれないいな」

「それに、これから言うことは、科学的にもある程度証明されているそうだけど、漆というのは『自己再生型塗料』であるらしく――」

「『自己再生型塗料』?」

「うん。――実際、そのことを教えてくれた漆芸家の人は、自分の工房で使用していた漆塗りのテーブルカウンターに焦げ跡を残され、いつか修理しようと思っているうちに、気づいたら焦げ跡がなくなっていたことがあったらしく、それ以外でも、小さな傷痕《きずあと》くらいは自然と修復してしまうことがわかっているそうなんだ」

「――本当に？」

さすがに驚いたらしいシモンに、ユウリが「ただし」と応じる。

「おそらく、そういった再生能力がある漆塗りは、後代に残すに足るような高品質のものだと思うけど。――というのも、漆器には二種類あって、長く保存するためのものと日常使いするものとで分けて考えないと駄目なんだって」

「なるほどね」

うなずいたシモンが、手にしていた漆器のコーヒーカップを目の高さに持ちあげ、「それなら」と問いを投げかける。

「これは、どっちの種類に属するものかな？」

同じように持ちあげたユウリが、肩をすくめて応じる。

「さあ。――わからないけど、でも、もともと漆塗りは薬剤に強いものだし、コーヒーカップなら日常使いしたいということで、してしまえばいいと思うよ。まあ、気をつけるとしたら、食洗機や食器乾燥機にかけないようにするのと、紫外線には当てないようにすることくらいかな」

「へえ。食洗機や食器乾燥機は駄目なんだ」

「うん。少なくとも、僕は柔らかいスポンジで手洗いして、洗いあげたあとはすぐに二度拭《ぶ》きする。それで、少し風通しのいいところに置いておくかな」

「なるほど。覚えておくよ」

そう言って、漆器のコーヒーカップをおろしたシモンが言った。

「だけど、いろいろ聞いてみると、僕が現在漆器に無性に惹《ひ》かれるのは、自分で思っている以上に精神的に参っていて、拠《よ》り所《どころ》を求めているということなのかもしれない」

とたん、漆黒の瞳に労《いた》わしげな色を浮かべたユウリが、若干身を乗り出して「もしかして、シモン」と問う。

「この前もチラッと言っていたけど、今の仕事、そんなに大変なんだ?」

「そうだね。完全アウェーの状態で、ここまでアウェーというのは、僕もこれまでの人生で経験したことがないから、かなり参っている」

「そうなんだ」

シモンが言うからには、相当なものだろう。

実際、店に来た客に、若干八つ当たりともいえそうな態度を取る姿を、ユウリは目の当たりにしたばかりだ。

ユウリが、尋ねる。

「なにがいちばん大変?」

「なんだろうね」

少し考えてから、シモンが言う。

「もともと親族経営の会社であることから、いわゆる世にいう『骨肉の争い』に発展していて、やることなすことえげつなさが際立つし、下手に血が繋《つな》がっているぶん、互いに対する憎しみのようなものがすごくてね」

「……ああ、まあ、蓄積されてきたものがあるだろうから」

「そのとおりで、会社の経営維持よりライバルを蹴落《けお》とすことに気がいっている。当然、そこで働いている社員のことなど見向きもしていないんだ」

「へえ」

それが事実なら、親族といえども部外者に近いシモンがどんなに経営を立て直そうと奮闘したところで、足下からどんどん崩れていきそうだ。

シモンが「しかも」と言う。

「疑心暗鬼に陥っている彼らは、僕のことをベルジュ家の放った乗っ取り屋のように考えているらしく、いくらそうではないんだと説得しても、聞く耳を持ちやしない」

いつもは冷静沈着なシモンが、さすがに感情を荒立て、水色の瞳に冷たい蔑《さげす》みを浮かべて続ける。

「別に、そこで稼がなくても、僕にはすでに十分な資産とそれを活用する場所と機会が与

えられているわけで、正直、現在のポストにはボランティアくらいの気持ちで就いている
というのに、彼らはそうは思わないらしい」

ユウリが、シモンの手にそっと手を重ね、「本当に」と同調する。

「どうにもならない人たちって、どうにもならないからね。目が曇ってしまって、正しい見方ができなくなっているんだろうけど、それでも、なんとか生きていけるのが、世の中だし」

「本当にそう思うよ」

溜息とともに応じたシモンであったが、さんざん気持ちを吐露したことで少し気が晴れたのか、水色の瞳に柔らかな色を浮かべて言った。

「なんか、悪かったね、ユウリ。僕のイライラをぶつけてしまって。――しかも、耳障りな話ばかり」

「ううん、気にしないで、シモン」

「でも、おかげですっきりしたよ。聞いてくれて、ありがとう」

「よかった」

ユウリは、重ねたシモンの手を優しく叩《たた》き、心を込めて応じる。

「僕の場合、仕事はなにも手伝えないけど、こうして愚痴を聞くくらいならいくらでもできるから、好きなだけ吐露して帰ってくれていいよ。――というか、むしろそうしてほし

い。大勢の社員のために身を粉にして働いているシモンには、いつでも冷静な判断ができる状態でいてもらいたいから」

「そうだね。正直、毎朝鏡を見ながら、心をかき乱されて足をすくわれないように気をつけないと……と自分自身に言い聞かせているんだ。——だから、本当に、そう言ってもらえてありがたいよ」

「なら、毎日でも寄ってくれていいから」

「そんなことを言われたら、本当に毎日来てしまいそうだな」

笑ったシモンが、「でもまあ」と言う。

「すっきりしたら、すごくお腹が空いてきたし、そろそろなにか食べに行こうか」

「いいね。——実は、僕も腹ペコなんだ」

そこで二人は、テーブルの上を片づけてしまうと、仲よく宵の繁華街へと繰り出した。

5

その夜。

ユウリは、ある不可思議な光景を目にする。

それは、こんな場面だった。

大勢の人の前で、シモンがなにかをしゃべっている。

なにをしゃべっているのかまでは、ここからでは聞こえない。

しかも、仕事中の姿を見る機会などないはずなのに、人々の服装から考えるに、どうやらシモンは会社の人を相手に話しているようである。

断言できないのは、スラリとした三つ揃いのスーツ姿が相も変わらず神々しいシモンに対し、彼の前にいる人たちの顔はぼんやりしていてほとんど判別がつかないからだ。その様子は、まるで霧の中に立っているかのようで、すべてがかすんでしまって輪郭が定かではない。

そのことに違和感を覚えつつ、ユウリはそっと近づいていく。

「――ですから」

ふいに、シモンの朗々とした声が聞こえた。

「何度も説明しているとおり、このウミガメは剝製なんですよ」

（……え？）

その言葉を聞いて、ユウリはとても焦る。

なぜと言って、ウミガメが剝製かどうかについては、まだ彼らの間でも結論が出ていないことなのに、こんなふうに先走って言い切ってしまうなど、絶対にシモンらしくないと思ったからだ。

そこで、ユウリは慌ててシモンにそのことを伝えようと声をあげた。

（違う、シモン、そうではなくて――）

だが、声は声にならず、その間にも、シモンがさらに言う。

「本当に、どうして、僕を信じてくれないんですか。――最初からそういう取り決めになっていたからこそ、わざわざこうして海を渡ってまでやってきているというのに、その苦労を全然理解しようとしてくれない！　いったいこれ以上、どうしろと言うんです⁉」

苦しそうなシモンの声。

こんなにつらそうなシモンを見るのは、ユウリは初めてのことかもしれない。

ただ、ふだん、あまり自分の感情を表に出さないシモンは、本音を言えば、いつもああして苦しんできたのかもしれない。それなのに、シモンを英雄視するユウリの前では、弱音を吐くことすらできずに、自分を押し殺してがんばっていた。

だとしたら、自分はなにもわかっていなかった。

救済者として、失格だ。

これでは、彼も、海を渡ってきた甲斐がないだろう。

（ごめん、シモン）

情けなさでいっぱいになったユウリはシモンに飛びついて謝りたかったが、そんなユウリにも気づかず、シモンがサッと手を振りあげて言った。

「どうしても信じられないというなら、いいでしょう。今から証拠をお見せします。簡単なことですよ。これが剝製であるという証に、こうして海に投げ入れたら、元に戻って元気に泳ぎ始めます。——目を凝らして、よく見ていてください」

理路整然と力説するシモンの手には、いつの間にか、あのウミガメの置物が握られていて、言い切るのと同時に、本当にウミガメを海に投げ込んだ。

それを見て、ユウリは「なるほど」と感心する。

さすが、シモンである。

あのウミガメが剝製であるなら、海に還せば、泳ぎ出す。

実に、明々白々なことである。

そんなことにも気づかずにいた自分は、なんてバカなんだろうと思い、真実をたしかめようと、ユウリはウミガメのあとを追って海に飛び込んだ。

水は冷たく、肌寒さがユウリを襲う。

すると、シモンが言ったとおり、海に投げ込まれたウミガメは、誘うようにすいすいと泳ぎ出し、ユウリはそのあとを追って、どんどん水底深く潜っていった。

深く。

深く——。

深海の、そのまた先まで。

翌朝。

目覚めたユウリは、朧《おぼろ》な記憶ながら、なんとも奇妙な夢を見たものだと思う。

途中途中、とてもおかしな理論が展開されていたにもかかわらず、その時は、それがとても理にかなったことだと納得し、すべての辻褄《つじつま》が合っていた。

なんなら、ものすごい秘密を知ったくらいの思いであったのだが、目覚めてから思い出そうとすると、細かいことははっきりしないまでも、実に笑ってしまうようなことが当たり前のように起こっていた。

(そもそも、ロンドンに海なんてないし)

夢というのは、人が記憶を整理し直すために見るものだそうだが、たしかに、夢で見た光景の一部はユウリの記憶にある事柄であり、それが支離滅裂な要素で繋がれていた感じだ。——ただし、その支離滅裂の要素の中にこそ、なにか人智の及ばないものが伝えようとしている重要な鍵が潜んでいないとも限らない。

夢とは、それくらい未知の領域でもあるのだ。

考えながら寝返りを打ち、逆側を向いたところで、ユウリは「わっ」と驚いた。

そこに、ウミガメがいたからだ。

こちらを向いたウミガメと正面から向き合ったユウリは、息を呑《の》んで、そのまましばらくジッと見つめ合い、ややあって、そろそろと起きあがると、今度は上からウミガメを見おろした。

（……え、なんで？）

ウミガメが、ベッドサイドにいるのか。

（もしかして、僕が寝惚《ねぼ》けて置いた？）

それも否定できないところが、怖い。

首を傾げつつ、ベッドをおりて部屋を出る。

居間兼ダイニングでは、すでに完璧に身支度を整えたシモンが座っていて、タブレット型端末を操作しながらユウリを迎えてくれた。今日は、より夏らしい明るいブルーの三つ揃いに鮮やかな色合いのネクタイで、それがまた澄んだ水色の瞳に映えてよく似合っていた。

「おはよう、ユウリ」

「おはよう、シモン」

朝日の中で見るシモンは、同性でも惚《ほ》れ惚《ぼ》れするほど高雅で優美だ。

こんな姿を近くで見られる自分はおそらく世界一幸福な人間だとしみじみ思いながら、冷蔵庫に入っている水のペットボトルを取り出したユウリは、それに口をつけ、喉を潤したところでシモンに尋ねる。

「……それはそうと、シモン、ちょっと変なことを訊くけど、もしかして、アシュレイが来ている？」

「え？」

驚いて顔をあげたシモンが、操作していたタブレット型端末を置いて訊き返す。

「僕は見ていないけど、なにかそれらしい兆候でもあった？」

「──あ、ううん」

ユウリはとっさに否定し、ひとまずその場は誤魔化した。

「見ていないなら、いいんだ。──ちょっと、ものの位置が変わっているように思ったんだけど、単なる気のせいだったかもしれない」

だが、それくらいではシモンの警戒心は解けず、澄んだ水色の瞳をあたりに向けて応じる。

「いや、でも、あの人のことだから、君にだけわかるようにその手のわかりづらい形跡をわざと残したりしそうだし、気になることがあるなら、注意するに越したことはないだろうね」

「……まあ、そうかな」

同意はするものの、実はユウリにしてみると、むしろアシュレイが来ていて、ウミガメは、ユウリが眠っている間に仕掛けられた悪戯《いたずら》ならよかったのだ。

だが、どうやら違ったようで、そうでないとなると、いったいあのウミガメがなぜ部屋にいたのかが説明できず、ユウリはちょっと憂鬱《ゆううつ》になる。

シモンでないのは、わかっている。

シモンは、この手の子供じみた悪戯をするような性格をしていない。

もちろん、ユウリのまわりで不可思議なことが起きるのは日常茶飯事であり、本来は気にするほどのものでもないのだが、ここで、こうして時おりシモンと暮らすようになって思うのは、ものが勝手に動いたりしゃべったりしていいのは、もともと異空間であったあの地下倉庫だけであって、他の場所——特にシモンと過ごすこの居住スペースでは起きてほしくなかった。

というのも、ユウリはいまだにシモンを彼方《かなた》の世界に近づけることに抵抗があり、自分が踏み込む異世界とシモンが存在する現実世界に明確な境界線を引いておきたいと、心のどこかで願っている。

それが、この建物においては地下倉庫とこの居住スペースなのだ。

階下の店舗は、その中間点といったところか。

（やっぱり、あのウミガメは下におろそうかな……）

そんなことを考えていると、タブレット型端末を持って立ちあがったシモンが言った。

「ああ、なんか慌ただしくて悪いけど、そろそろ、出るよ」

「あれ、朝食は？」

「それが、急な朝食ミーティングが入ってしまったから、残念だけどパス」

「そうなんだ。――パンケーキでも焼いてあげようかと思ったのに」

「本気かい？」

「ううん。でも、クリスが好きで、最近、焼けるようになったのは事実だよ」

「だとしたら、次の機会にはぜひ」

「そうだね」

「あと、家に戻るなら、週末は楽しみにしていますとご両親に伝えてくれるかな」

「わかった」

今週末は、引っ越しにともなう大規模な模様替えなどのバタバタが一段落したということで、フォーダム家では、久しぶりにシモンとシモンの異母弟であるアンリを招いての夕食会を催すことになっていた。

その招待への挨拶を伝言してユウリの頬《ほお》に軽くキスをしたシモンが立ち去り、残されたユウリはフワッと欠伸《あくび》をしつつ、フライパンを火にかけ、冷蔵庫から取り出した卵を落として蓋をした。

第三章　週末の訪問者

1

土曜日。

ハムステッドにあるフォーダム邸では、夕食会の準備で忙しい母親に代わり、ユウリが年の離れた弟クリスの面倒をみていた。

だが、ちょっと油断したとたん、中庭を走り回っていたクリスが目の前でこける。

「あっ、クリス！」

ユウリは慌てて腰を浮かしかけるが、何ごともなかったかのように自分でスタッと起きあがったクリスは、転んだことも忘れた勢いでまた走り出す。彼は現在、庭に迷い込んだ野兎《のうさぎ》を追いかける子犬のランディを、追いかけているのだ。

その子犬は、母親とクリスが戻ってきたことを受け、クリスの情操教育のために飼われ始めたシェットランド・シープドッグの子供で、まだ発育途中のため、半分転がりながら走り回る日々である。

それはクリスも一緒で、少し前までよちよち歩きだったはずの弟は、今や、寝ている以外は一秒たりともジッとしていないくらい活発に動きまわる子供になっていた。

父親に似て、とにかく好奇心が旺盛《おうせい》で、母親は、そんなクリスをかなり自由奔放にさせているようである。了供の好奇心が、その人物の未来を作る、くらいに思っているのだろう。

思えば、ユウリも、好き勝手に遊びまわっていた記憶がある。それを、そばで見張っていた姉のセイラは、さっと、あの年齢にして、今のユウリのような心境を味わっていたに違いない。

もっとも、注意力のある姉とは違い、ユウリは気づけば弟から目を離していて、このままだとクリスが傷だらけになってしまいそうである。

「クリス、おいで。そろそろ、おやつの時間だから」

ユウリが声をかけると、ピタッと止まったクリスが、トットットと走ってくる。その後ろを、今度はランディが慌てて追いかける。

追跡を逃れた野兎だけが、ホッとした様子で茂みの中に消え去った。

外見はあまり似ていないクリスとユウリだが、どうやら食べることが好きな点は、似ているようだ。

しかも、食いしん坊ではなく、あくまでも食べることが好きなのだ。

それは、もしかしたら、フォーダム家の教育方針のなせる業なのかもしれない。決してのべつ幕なしに食べさせるのではなく、食べるべき時には思う存分食べ、食べる限りは食べ物に感謝するようにしつけられてきた。

ともあれ、お腹《なか》が空《す》いているらしいクリスとランディが、ユウリのそばで期待に満ちた目を向けてくる。

ランディに至っては、尻尾《しっぽ》がファサファサと揺れている。

だが、ひとまず。

「ランディは、そこで待っていて」

ユウリが押さえるような仕草で命令すると、すとんと腰を落としたランディがその姿勢のまま、今度は尻尾を小さくパサパサと動かす。かわいそうだが、ものには順番というものがあり、先にクリスを椅子《いす》に座らせようと抱き上げたユウリは、そこで「ん？」と首を傾《かし》げて言う。

「あれ、もしかして、クリス、また重くなった？」

だが、自分の体重のことなど把握しているわけがないクリスが、ユウリと同じほうに首を傾げてから軽く肩をすくめた。

そんな小生意気な仕草も、板につくようになっている。

そして、その様子は、当たり前だが、父親のレイモンドを彷彿《ほうふつ》とさせるものがあった。

（そうか。お父さんの子供時代って、本当にこんな感じだったのかもしれない）

感慨深く思いながら、ユウリはエヴァンズ夫人が運んできてくれた紅茶とクッキーをクリスの前に並べた。

エヴァンズ夫人は、古くからこの家の管理を任されている執事兼管理人の妻で、彼女の作る料理やお菓子は絶品なのだ。

ちなみに、テーブルについた際には、いくら両親がクリスを自由奔放にさせているとはいえ、マナーに関しては、かなりうるさくしつけられてきたのがわかる。ユウリの時もそうであったが、椅子をガタガタさせたり、食器をぞんざいに扱ったりすれば、そのたびに厳しく注意を受け、時にはペシッと手の甲を軽く叩《たた》かれた。

イギリスの上流階級に属する者として、立ち居振る舞いだけは品位を損なわないよう育てるためであり、それは当然、将来、彼らがどういう場所に出ても堂々としていられるようにという、親心の表れでもあった。

だから、あれほど忙《せわ》しなく動きまわっていたクリスも、椅子に座ったとたん、ピシッとした。

焦ってクッキーに手を伸ばすこともなければ、お茶もすぐには飲まない。

ユウリが、二つ、三つ、クリスのお皿の上にクッキーを置き、自分の分を取り、さらにランディのために転がすとエサが出るオモチャを放り投げてから、三者は同じタイミングで食べ始めた。

これと似たようなこととして、ユウリはスナック菓子をほとんど食べない。

その理由は、おやつにこうして手作りのケーキやクッキー、ババロアなどを与えられてきたためで、パブリックスクール時代にも、ユウリとシモンは、ほとんどスナック菓子を口にしなかった。

これがもし、ユウリかシモンのどちらかがスナック菓子を食べるのが習性となっていたら、片方も影響を受けて食べていたであろうが、幸い、シモンも、幼い頃から手作りのお菓子を食べる習性が身についていたため、二人揃《そろ》って、スナック菓子にはあまり手を出さずにすんだのだ。

これは、とても些細《ささい》なことのようでいて、案外、彼らの品格を他の生徒より高くする効果があった。そのせいで、一部の生徒からは「お高くとまっている」と陰口を叩かれることもあったが、彼ら——特にシモンは気にしなかった。だから、ユウリも自然と気にせずにいられたのだろう。

クリスも、今のところスナック菓子は食べていないし、これからもあまり好き好んで食べることはないだろう。

「三つ子の魂百まで」とは、よく言ったものである。

ユウリが、クリスのペースに合わせてクッキーを食べていると、手元のスマートフォンが鳴りだした。

今日は、シモンかアンリから急な連絡があるかもしれず、こうしてスマートフォンを手元に置いておいたのだが、かけてきたのは、そのどちらでもなく、今日も店にいるはずのミッチェルだった。

「ミスター・バーロウ？」

ミッチェルから休日に電話があるのは珍しく、ユウリは店でなにかトラブルがあったのかと慌てて電話に出る。

その際、クッキーをお皿の上に戻したので、横でクッキーを齧《かじ》りかけていたクリスも食べるのをやめ、ジッとユウリを見あげた。どうやら、一緒に食べ終わりたくて、そのままユウリの話が終わるのを待つつもりらしい。

『どうも、フォーダム。お休みのところを申し訳ないですね』

「いいえ。——それより、なにかありましたか？」

『なにかというか、例の、金の小箱の預け主の遺族と連絡がつきましたよ』

「そうなんですか？」

さすがというか、ミッチェルも、なんだかんだ仕事が早い。

ミッチェルが、気を遣って尋ねる。

『今、話していても大丈夫ですか？』

「はい。――ただ、幼い弟がそばにいて、目が離せない感じなんですけど」

答えながら、ユウリはクリスに対し、テーブルと庭のほうを順番に指し示す。「食べ終わったら、ランディと遊んできていいよ」という合図のつもりであったが、クリスは輝く金茶色の瞳《ひとみ》を細めただけで、動こうとはしない。

その間にも、電話での話は続いている。

『それなら、簡潔に報告すると、預け主であるアンドリュー・コナーズは、最近亡くなったようで、長男のご家族がバーミンガム近郊に住んでいました』

「亡くなった……」

やはりそうかとユウリは思う。

なんとなくだが、アンドリューは亡くなっているだろうという気はしていたのだ。

だからこそ、金の小箱の時間が動き出したのだ。

ミッチェルが言う。

『ただ、息子さんもすでに他界なさっていて、残されたご家族は、金の小箱の存在は知っていても、アンドリューがそれをミスター・シンに預けたことを知らなかったらしく、事情を話したら引き取るということでした』

「そうですか……」

そこで、ユウリは漆黒の瞳を翳《かげ》らせて考え込む。

アンドリューの遺族は、金の小箱が預けられたことを知らずにいた。

だが、だとしたら、あの時、店に来たのは誰だったのか。

あれが、アンドリューの遺族でないなら、返す相手は、本当に彼らで合っているのだろうか。


——返す相手を間違えるなよ。


誰が言ったのかは知らないが、地下倉庫で、そうユウリに忠告した声があった。

あえてそんな忠告をするくらいであれば、アレを返す相手は、そう簡単に見つかるものではないのかもしれない。

『——フォーダム、聞いていますか？』

「——あ？」

一瞬、完全に気が逸《そ》れていたユウリが、慌てて訊《き》き返《かえ》す。

「すみません、ミスター・バーロウ、聞いていませんでした」

すると、小さな溜息《ためいき》とともに、ミッチェルが『ですから』と同じことを繰り返した。

『現在、家督を継いだアンドリューの孫がロンドンに住んでいて、明日の午後でもよければ、どこかで会うことができるそうなんです。——ということで、グリニッジにある彼の家の近くで会う段取りをつけようと思うのですけど、君のほうの予定はどうかと思って電話しました。——都合が悪いようなら、こちらでなんとかします』

「あ、いや」

ユウリは、慌てて言い返す。

おそらく、金の小箱については、ユウリが動いたほうがいい。ユウリの予想では、引き渡しは、そう簡単にいかないはずだからだ。

「大丈夫です。場所を教えていただけたら、僕が行きます」

『本当に大丈夫ですか？』

「はい」

それに対し、電話の向こうで少し迷うような間があったあと、ミッチェルが『それなら』と言う。

『あちらと話して、最終的に会う場所と時間を今お使いのスマートフォンにメールしておきますので、よろしくお願いします』

「わかりました」

了承したユウリが、付け足す。

「お手数をおかけしてすみません。でも、助かりました。ありがとうございます」

『いえ。――これも仕事のうちですから』

ミッチェルらしい淡々とした言葉を最後に、電話はあっさり切られる。

そこで、スマートフォンをテーブルに置いたユウリが、食べかけのクッキーに手を伸ばしながらクリスに言う。

「ごめん、クリス。食べずに、待っていてくれたんだ？」

うなずくクリスと二人、仲よくふたたびクッキーを食べようとしたが、そこに今度はエヴァンズ夫人がやってくる。

「よろしいですか、ユウリお坊ちゃま」

「ああ、はい、なんでしょう？」

振り向いたユウリに、エヴァンズ夫人が告げる。

「玄関に、ベルジュ家のご兄弟がお着きです」

「え、もう？　――ああ、本当だ」

腕時計を見おろして予定の時間であったことを確認しつつ立ちあがったユウリが、「ごめん、クリス。ちょっと一人で食べていてくれるかい。おとなしくしているんだよ。すぐに戻るから」と告げて、ふたたびクッキーを置いて慌ただしく歩き去る。

そのため、今度こそ食べようとしていたクリスは、口を開けた状態で取り残され、そのまま固まった。

これでは、いつまで経《た》っても食べ終わらない。

クリスの頰《ほお》が、ぷうっと膨らむ。

そのそばでは、ランディが楽しそうにエサの出るオモチャを追いかけまわしていた。

2

一方。

急いで玄関広間に出たユウリは、そこでベルジュ家の兄弟を迎え、それぞれ、軽くキスをかわして挨拶《あいさつ》をした。

「いらっしゃい、シモン」

「やあ、ユウリ」

「アンリは、久しぶり」

「そうだね」

「いなくなって、淋《さび》しいよ」

シモンの異母弟のアンリは、現在ロンドン大学に留学中の身で、少し前までフォーダム邸に居候していたという経緯がある。

ユウリが続ける。

「でも、なんだかんだ、こうしてこの家で顔を見られることのほうが、違和感がない気がする」

「僕も、なんか帰ってきたって感じがして嬉《うれ》しい」

玄関広間を見まわして言い、「僕まで」と付け足した。

「ご招待してくださったご両親に感謝しないと」

「そんなの、いつでも来たらいい。僕がいなくても、顔を見せたら、エヴァンズ夫人がすごく喜ぶはずだから。——あとで、クリスも紹介するし」

「マジで？」

「うん」

「なら、学校帰りに、ご飯を食べに寄ろうかな」

「ぜひ」

ほのぼのと会話するユウリとアンリを前にして、シモンがチラッと弟の顔を横目で見やる。そこには、非難するほどの色はないまでも、整った顔が若干不満そうであるのは否めない。

かように、ことユウリに関してだけは、シモンは昔から独占欲が強い。

今も、異母弟に対し、ユウリは自分の友人なのだから少しは遠慮するように主張したいのだが、さすがに大人げがないとわかっているため、言えずにいるのだろう。

なにせ、アンリというのは、人との距離の取り方が絶妙で、どんな場所にもするりと溶け込んでしまうという特技を持っている。

高雅な印象はシモンと同じだが、シモンが圧倒的に貴公子然としているのに対し、どこか野性味をまとう美青年で、金髪碧眼《へきがん》が多いベルジュ家の家族の中でただ一人、黒褐色の髪と瞳を持っている。そこにはいささか複雑な事情があるのだが、そうであっても、本来兄弟仲は非常にいい。

ただ、あくまでもユウリが絡むと、シモンの態度が若干変わるというだけだ。

と、その時。

再会を喜び合う彼らの背後に、この家の主《あるじ》であるレイモンド・フォーダムが現れた。

軽くウェーブした薄茶色の髪。

飄々《ひょうひょう》とした立ち姿。

二十代の若者たちと並んでもまったく引けを取らないほど若々しいレイモンドは、フットワークのよい軽やかさと同時に、世界のオピニオンリーダーとしての威厳と風格を兼ね備えた人物である。

「こらこら、ユウリ。いつまでも玄関先にお客様を立たせてなにをやっているんだい」

「――あれ、お父さん？」

ケンブリッジで教鞭《きょうべん》をとっている関係で、父親の到着は夕方になると聞かされていたユウリが驚いていると、シモンがレイモンドに代わって説明してくれる。

「僕たちが車を降りた時に、ちょうど家の前にいらしたんだよ。なんでも、寄付金集めの講演会が早く終わったそうで」

「そういうこと」

肯定したレイモンドが、若者三人を追いたてながら、言う。

「で、みんなに早く会いたくて、すっ飛んできた。というわけだから、こんなところで立ち話もなんだし、君たち、書斎で一杯どうかな。先週、年代物のスコッチが手に入ったんだよ。ユウリ、お前も——」

愛する息子の肩に手を伸ばしながら言いかけたレイモンドだったが、そこでいったんしゃべるのをやめ、ユウリの姿をマジマジと見おろしたあとで、「というか」と残念そうに話題を変えた。

「まさかと思うが、ユウリ、その恰好《かっこう》で食事の席に臨む気ではないだろうね？」

「——え？」

指摘され、自分の恰好を見おろしたユウリが、顔をあげて訊き返す。

「ダメ？」

「うん」

「でも、今日は普段着でいいって」

事実、シモンとアンリもネクタイはしておらず、アンリはコットンパンツとTシャツの上にベストを合わせた今風のファッションで、シモンは水色のウールリネンのスーツに白いサマーセーターという、シックではあるがかなり崩した恰好をしている。

ただ、ユウリの場合、ランディの散歩やクリスの面倒をみていたというのもあり、七分丈のジーンズに大きめのTシャツを着ただけの、本当の意味での普段着という点で、ここでは少々場違いではあった。

父親が、たしなめる。

「それだって、限度というものがあるだろう。――しかも、お前は、お客様を迎える側の人間なんだ」

それに対し、階段をあがりかけていたベルジュ家の兄弟がそれぞれなにか言いたそうに振り返るが、かといって親子の会話に下手に口を出すわけにもいかなかったようで、チラッと顔を見合わせて苦笑している。

彼らにしてみれば、ユウリがどんな恰好をしていようと構わないのだが、父親の立場としては、そういうわけにもいかないだろうというのがわかったからだ。

それに、説教めいてはいても、言葉の端々に親としての愛情がにじみ出ていて、最後はちょっと過保護気味の助言すら与えている。

「ああ、ほら、去年の春に仕立てた麻のスーツがあるだろう。あれに、あの時に一緒に買ってあげたペールグリーンのボタンダウンシャツを合わせるといい」

「ああ、あれね。あれ、僕も好きなんだ」

「それなら、着替えておいで。彼らの案内は、お父さんがするから」

「わかった」

素直にうなずいたユウリが階段をあがっていく際、通り過ぎるユウリの肩をシモンが軽く叩いて慰める。

そんなユウリの背中に向かい、レイモンドが訊いた。

「——あっと、その前に、ユウリ。クリスはどこだい？」

「あ」

声をあげたユウリが足を止め、慌てて方向転換して階段を駆け下りていく。

「まずい、忘れてた」

時間にしたら五分にも満たない間であったが、あの年齢の子供は、ちょっと目を離した隙《すき》になにをしでかすかわからない。

幸い、テラスに戻ると、片手に食べかけのクッキーを握ったまま、テーブルに突っ伏してすやすやと寝ているクリスの姿があった。その足下にはランディが座り込み、ユウリに代わってしっかり番をしていてくれたようだ。

まだ子犬なのに、頼りになる。

ホッとしたユウリは、小さな手からクッキーを取りあげて皿の上に置くと、起こさないように気をつけてそっと抱き上げた。

それでも、やはりクリスは目を覚ましてしまい、寝惚《ねぼ》け眼《まなこ》でユウリを認めると、そのまま腕を伸ばして首に抱きつき、そこで安心したようにふたたび眠り込む。

そんな弟の重さを両腕に感じながら、ユウリはクリスの後頭部を撫《な》で、「一人にして、ごめんね」と謝ると、足にランディをじゃれつかせつつ、少し遅めの昼寝をさせるために子供部屋へと連れていく。

その様子を書斎の窓から見おろしていたシモンに、同じく窓辺に立っていたアンリが言った。

「あれが、噂《うわさ》のクリス？」

「うん。――また、大きくなったようだけど」

うなずいたシモンに、アンリがからかうように告げる。

「やっぱり、最大のライバル登場だね」

「そうかもしれない。――ただまあ、あと数年は、どうあがいても勝てそうにないな」

「たしかに」

そう言って密《ひそ》かに笑い合う二人の背後で、あとからやってきたレイモンドが、飲み物のリクエストを受け付けた。

それからしばらくして始まった夕食会は、茶事の形で行われ、フォーダム夫人の手による懐石料理が振る舞われた。

その際、使われた漆器は蒔絵《まきえ》の逸品だ。

ちなみに、クリスはその席にいない。欧米の社交場の常で、大人の時間に子供は入らず、子守と一緒に子供部屋に隔離されるのだ。

そして、先ほど、一度起きて夕食を食べ終えたはずのクリスは、今頃はすやすやと夢の世界をさまよっているはずである。

おかげで、テーブルでは落ち着いた会話が弾む。

「本当に、きれいな漆器ですね。——輪島塗《わじまぬり》ですか？」

「ええ、そう」

答えた母親に付け加える形で、ユウリが「これ」と説明する。

ユウリの母親の美月《みつき》は、ユウリと面影の似た涼やかな和風美人で、今も小千谷縮《おぢやちぢみ》の淡い夏着物をさらりと着こなしている。着物に合わせた帯には金魚が遊び、そこへ水すましの帯留めがかかるというこだわりようである。

「お母さんの結婚に際し、お嫁入り道具の一つとして幸徳井《かでい》家のほうで用意してくれたものなんだって」

「へえ」

だとすると、当代の名人の手によるものである可能性が高い。

どうりで、目を見張るほど美しいわけである。

おそらく、シモンが漆器に惹《ひ》かれていると知り、ユウリが母親に頼んで秘蔵品を出してもらったのだろう。

「やっぱり、漆器はいいな」

シモンが、食べ終わったあとも漆器をしきりと眺めていたため、向かいにいたアンリが「その調子だと」と感想を述べた。

「次に日本に行った時には、漆器を大量に仕入れて帰ってきそうだね」

それに対し、レイモンドが「その際は」と応じる。

「いい工房を紹介するから、紋章入りのものを作らせたらいい」

シモンが、パッと顔を輝かせてレイモンドを見る。

「なるほど。そういう手があるんですね」

「もちろん。——ただ、日本から漆の木がなくなりつつあって、かつてほどいい漆器はそうは作れなくなっているようだけど」

「もったいない」

首を振ったシモンが、残念そうに訊く。

「後代に残すべき文化遺産であるのに、日本政府は保護に努める気はないんですかね？」

「さあ、どうだろう」

いくら日本通とはいえ、レイモンドはあくまでも英国人であれば、さすがにそこまではわからないようだ。

それならそれで、自分が関《かか》わることになるかもしれない蒔絵の特別展が、少しでも日本人の関心を集めて、国内での漆工芸擁護の動きに繋《つな》がればいいと思いつつ、シモンは、次々に出される料理を堪能《たんのう》した。

季節を感じさせる食事の締めには、椅子に着席したまま薄茶が振る舞われ、ふたたび書斎にやってきたところで、スマートフォンを確認したシモンが言う。

「――ああ、ユウリ、申し訳ない」

「どうかした？」

「明日のことだけど、急な会合が入ってしまったようなんだ」

この日曜日は、久々に二人でゆっくりどこかを回ろうかと話していたのだが、それが駄目になったということだ。

だが、同じように自分もスマートフォンを見ていたユウリが、「あ、それなら、ちょうどよかった」と応じる。

「言おうと思っていたんだけど、僕も、午後、人に会わないといけないみたいで」

シモンが、意外そうに訊き返す。

「人に会うって、『アルカ』の関係で？」

「うん」

「でも、それって」

シモンが、水色の瞳に当惑を浮かべて言う。

「当然、ふつうのことではないんだろうね？」

ユウリが「アルカ」にいるのは、ひとえに、ミスター・シンから受け継いだ「いわくつきのもの」の監視であれば、本来、たいしてやることはないはずだ。

その証拠に、先日も、本人が暇過ぎる日常を訴えかけていた。

それなのに、こうしてユウリがあの店のことで動くということは、つまりは〝そういうこと〟になるわけだ。——「いわくつきのもの」に、問題が発生した。

ユウリが答える。

「まあ、そうだけど、それほど深刻な話でもないから、心配しないで」

そうは言われるが、こんな場合こそ多少は役に立つはずのアシュレイもいない現在、ユウリ一人でことに当たるというのは、非常に心配である。

「それなら、僕も一緒に行くよ」

「いいって、シモン。シモンだって仕事なんだから、一人で大丈夫」

断固として断ったユウリが、安心させるように付け足した。

「それほど深刻な話ではないと言ったよね？」

「そうだけど」

それでも納得しないシモンに、ユウリはもう少し詳しい説明を試みる。

「実は、預け主が死亡したことで預かり期限が切れていたものがあるのがわかって、その遺族のもとに返しにいくだけなんだ」

「へえ」

意外そうに応じたシモンが、「それなら」と念を押す。

「本当に、問題はないんだね？」

「ないよ。さっきから、そう言っているし」

断言したユウリが、「そんなに心配しなくても」と笑う。

「こうして近くにいるんだし、本当に困った時には相談するから」

「絶対？」

「絶対」

そこで、ようやく納得したシモンは、夜も更けたところで、運転手付きのリムジンに乗り込み、アンリとともにベルグレーヴィアのフラットへと戻っていった。

3

同じ日の午後。

まだシモンとアンリがフォーダム邸を訪れていない時刻に、遥《はる》かバーミンガム近郊に建つコナーズ邸の前に一台の車が横づけされた。

孫のトニーが、遺品整理を手伝うためにわざわざロンドンから帰ってきたのだ。

しかも、珍しく、日本からの客人をともなっての帰郷である。

ロンドンから車でおよそ二時間半。

最寄り駅から少し離れた小高い丘の中腹に建つコナーズ邸に行くには、電車より車のほうが便がよく、トニーはいつも車で帰る。

建物自体は、城というには少し小さいが、ふつうの一軒家にしては立派なもので、地図に載るほどではないものの、地元のパブなどで「コナーズ邸」と訊けば、一発でわかるくらいにはメジャーであった。

先祖の一人は技師として明治時代の日本に渡り、以来、日本贔屓《びいき》の一族としてちょっとしたコレクションも抱えている。

その中には蒔絵の棗《なつめ》も含まれていて、それと一緒に茶道具一式などが揃っていた。

ただし、コナーズ家の誰も、正式に茶を点《た》てることはできない。

トニーの車に同乗してきた山村《やまむら》は、トニーの母親と姉夫婦に迎えられ、まずは伝統的な午後のお茶を楽しむことになった。父親はすでに他界していておらず、祖父が亡くなったことで、コナーズ家はトニーが継ぐことになったのだ。

「そうですか、日本からわざわざ」

一見西洋人に見える山村が、日本生まれの日本育ちであると知り、夫の影響で日本贔屓となっている母親は、あれやこれやと話を聞きたがった。

母親は、夫が健在だった頃に夫婦で何度か日本へ旅行したことがあるらしく、話題は京都や富士山などメジャーな観光地のことから、山村の知らないような秘湯についてまで、多岐にわたって尽きなかった。

そんな中、トニーが「それでさ」と話を振る。

「今日、ミスター・ヤマムラを連れてきたのは、彼が、例の、おじいちゃんの小箱を見たがったからなんだけど、あれ、今、どこにあるんだっけ？」

尋ねたあとで、「ここに来る道々」と付け足した。

「ずっと思い出そうとしていたんだけど、考えたら、あの金蒔絵の小箱、小さい頃に見たきりで、そのあと、あまり見かけなくなってしまったように思うんだよ」

すると、母親が姉と顔を見合わせ、驚いたように応じた。

「ああ、あれね！」

「やだ、すごい偶然」

「――偶然？」

意味がわからなかったトニーが訊き返すと、母親が「そうよ」とはしゃいだ様子で話してくれる。

「というのも、私たちは、そんなものの存在なんてすっかり忘れていたんだけど、貴方《あなた》たちが到着するちょっと前に、ロンドンの『なんとか』っていう骨董店《こっとうてん》から電話がかかってきて、おじいちゃんが預けた金の小箱があるのだけれど、そちらで引き取る意思があるかって、確認されたのよ」

「おじいちゃんが、預けた⁉」

意外だったトニーが眉《まゆ》をひそめ、「あれを、人に預けたんだ？」とどこか疑わしげにつぶやいた。その様子からして、子供心にも目を奪われるような作品を、ふつうならおいそれと人に預けたりはしないだろうと思ったのだろう。

そのそばでは、山村が興味深そうに話を聞いている。

トニーが、身を乗り出して訊く。

「それで、当然、引き取るって言ったんだよね？」

「もちろんよ」

姉がうなずき、母親がもっともらしく応じる。

「そもそも、なんで預けたのかが、わからないもの」

それに対し、トニーが「もしかして」と推測した。

「あの禁忌を気にしてのことかな？」

「禁忌って、あれ？　――『開けるべからず』っていう」

「うん、それ。その禁忌を破りそうだったから、自分の手の届かないところに置いておくために、人に預けたってことはないかな？」

「さあ、どうかしらね。……まあ、たしかに、あの小箱に関しては、お義父《とう》さん、厳格だったけど」

首を傾げながら応じた母親が、「そのあたり」と続ける。

「電話をしてきたお店の人に聞けば、なにかわかるかもしれないわ」

「そうだね」

トニーがうなずき、山村を振り返って謝った。

「――ということで、なんか、すみません。こんなド田舎まで連れてきたあげく、目当てのものはロンドンだったなんて……。洒落《しゃれ》にもならない」

「ああ、いや。気にしないでください」

顔の前で手を振った山村が、「それより」と話の流れを元に戻す。

「その金蒔絵の小箱、近々受け取りに行くんですよね？」

「ああ、えっと」

トニーが視線を移すと、母親が「それなんだけど」と改まって相談を持ちかける。

「あちらには、貴方がふだんはロンドンにいることを話して、明日の午後でよければ受け取れるかもしれないと伝えておいたのだけど、貴方、ちょっと早めに戻って受け取ってきてくれないかしら？」

「わかった」

「せっかく来てくれたのに悪いわね」

「まあ、いいさ」

気さくに応じたトニーが、「それで」と尋ねる。

「僕は、どこに行けばいいわけ？」

「それは、すぐにまた電話が――」

言っているそばから固定電話が鳴り響き、反射的に立ちあがった母親が電話に出る。

「もしもし？　――ああ、どうも、先ほどは」

言いながら、トニーに向かって手招きする。

「今、ちょうど息子が来ているので、替わりますね」

それから、近づいた息子に受話器を押しつけて言う。

「ほら、今話した骨董店の人よ。——私たちは、地名とか言われても、ロンドンのことなんてよくわからないし、貴方が直接話して、待ち合わせの場所とか決めて頂戴《ちょうだい》」

「え、でも——」

戸惑うトニーに、母親が手で急《せ》かす素振りをしてみせたので、しかたなく、訳がわからないまま電話に出た。

「もしもし、お電話替わりました。息子のトニーです」

すると、受話器の向こうから、やけに滑らかな正統派英語《クイーンズ・イングリッシュ》が流れてくる。

『初めまして。私、ロンドンのウエストエンドに店を構える骨董店「アルカ」のミッチェル・バーロウです。先ほど、お母様には少しお話ししましたが、今から二十年ほど前にアンドリュー・コナーズ氏がある店に預けた金の小箱について、少々お話しさせていただけたらと思ってお電話いたしました』

4

その夜。

夕食の支度ができたため、トニーが山村を捜しに行くと、ちょうど庭のほうから戻ってくる彼と遭遇した。

山村には、立ち入り禁止の場所として家人の私室を教え、それ以外の書斎や応接間、庭などを好きに見ていいと告げておいたので、ついでに散歩をしてきたようだ。袖《そで》や裾《すそ》などが汚れているのは、どこかで寝転んだりしたのかもしれない。

「ミスター・ヤマムラ。なんか、ほったらかしにしてすみません。――退屈だったのではありませんか？」

「いえいえ」

山村は、歩いてきたほうを振り返って応じる。

「書斎や応接間に飾られたコレクションを見るのは楽しかったし、お庭も、イギリス庭園らしい薬草園《ハーブえん》などがあって、とても楽しめました。ありがとうございます」

「なら、よかったです」

ホッとした顔になったトニーが、続けて誘う。

「間もなく夕食ですので、どうぞ食堂のほうへいらしてください」

「それは、嬉しいな。ちょうど、お腹も空いたところだったので」

そこで肩を並べて歩きながら、山村が羨《うらや》ましそうに言う。

「それにしても、一個人の家にあるにしては、本当に見事なコレクションの数々で驚きました。小さい頃からこういう環境に身を置いていると、貴方のように、若くして特別展の担当を任されるようになるんでしょうかね？」

「さあ、どうかな」

首を傾げたトニーが、「でもまあ」と認める。

「たしかに、この国では、育った環境がかなり将来の仕事を左右するのは事実です。今おっしゃったように、美術品関係の仕事場には、貴族とかその周辺一族の子息なんかがたくさんいますが、彼らは、ここなんかとは比べ物にならないくらい、数々の美術品や骨董品に囲まれて生きてきていますから、そりゃ、目も肥えますよ」

「わかります」

うなずいた山村が、「私の友だちは」と類似の例をあげてみせた。

「父親が大学教授で、家に百科全書や世界の名作全集などが揃っているような環境にあったものだから、なんだかんだ、人一倍勉強好きでしたよ」

「ああ、やっぱり」

意気投合して歩いているうちに、山村が「それはそうと」と言い出した。

「私は、明日一番の列車でロンドンに戻ることにしました」

「え、そうなんですか?」

驚いたトニーが、とっさに謝る。

「すみません、やっぱり退屈でしたよね?」

「いいえ、そんなことはありませんが、まあ、金蒔絵の小箱がこちらにないなら、これ以上いてもしょうがないし、せっかくイギリスに来ているのだから、明日はロンドンで気になっていた場所を回ってみようと思いまして」

「でしたら、朝、最寄り駅まで送ります」

トニーは、招待した側の主人として当然の申し出をするが、山村は手を振ってそれを辞退する。

「いや、それには及びません。朝早いので、もうタクシーの手配もしました。――貴方はずっと運転してきたのだし、明日も一人で運転するのですから、今夜はよく寝たほうがいいですよ。――事故にでも遭われたりしたら、仕事にも支障が出ますし」

「そんな――。まだ若いからそのような心配は無用ですが、でもまあ、そうおっしゃっていただけるなら、すみません、明日は久しぶりに少し寝坊することにします」

「ええ、そうしてください」

笑って同意した山村が、チラッとトニーを見て、若干駆け引きめいた口調になって申し出る。

「ただ、その代わりというのもなんですが、もしよければ、明日の午後、例の金蒔絵の小箱を受け取る際、私も同席させてもらえませんか？」

「ああ、いいですよ」

トニーは、一も二もなく了承する。

「そうですね。ここまで来させておいて見せられなかったのだし、明日は、ぜひ、僕と一緒におじいちゃんの小箱に対面してください」

言ったあとで、こっそり心情を吐露した。

「なんて、正直、僕もそのほうが心強いです」

どうやら、得体の知れない相手と会うことに、若干の不安を覚えていたようだ。

山村が、目を丸くしてから破顔する。

「それなら、ちょうどよかった。持ちつ持たれつってとこですね」

「ええ、まさに」

そこで、トニーは、待ち合わせ場所と時間について、「アルカ」から送信されてきたメールを、教えられた山村のアドレスに転送する。

確認した山村が、感心したように「へえ」と言う。

「ホテルの部屋での待ち合わせなんですね。——どうやら、なかなか用心深い相手のようだ」

「僕も、そう思いました」

「それで、相手の名前が、ユウリ・フォーダム？」

「ああ、そうなんです。電話してきた人は違う名前でしたが、受け渡しにはその方がいらっしゃるそうで」

答えたトニーが、「それと」と一言断りを入れる。

「僕の家のそばにしてもらったので、この待ち合わせ場所に指定されているホテルは、若干ロンドン市内からは離れているんですけど」

「それは全然構いません。――こちらからお願いしたことなんだし、明日は、これに合わせて予定を組むことにします」

そうして、明日の予定をその場で決めてしまうと、彼らは待ちに待った夕食のテーブルについた。

5

翌日。

昼近くになって起き出したトニーに、姉のアニーが言った。

「やあねえ。こんな遅くに起きてきて。――お客様、とっくにお帰りになったわよ」

「知っているよ」

欠伸《あくび》交じりに応じたトニーが、コーヒーメーカーから残りわずかとなったコーヒーをカップに移しつつ続けた。

「送るって言ったんだけど、向こうが『勝手に帰るから寝てていい』って言ってくれたんだ。今日も長距離運転になるからよく休めっていう、日本人らしい気遣いだよ」

「そうらしいわね」

新聞を読みながら話している姉が、今朝の状況を説明する。

「うろたえるお母さんに、ミスター・ヤマムラがそう教えてくれたけど、だからって、『はい、そうですか』と言ってタクシーで帰すわけにもいかないでしょう。それで、私がマークにお願いして駅まで送ってもらったのよ」

姉婿の名前をあげての言葉に、トニーが「へえ」と感心する。

「そうか、その手があったね」

「なに言ってるの。――おかげで、マークは、いつも出ているジムのトレーニングに間に合わなかったんだから」

「うん、あとでお礼を言っておくよ」

彼のために残されていた朝食に手をつけながら、トニーが弟らしい甘えた感じでウィンクする。

「なんであれ、優しい旦那《だんな》さんでよかったね」

「バカ」

まんざらでもなさそうに応じたアニーが、「あんたこそ」と叱責《しっせき》する。

「わがままなお色気女とかつかまえるんじゃないわよ。私、そんな弟嫁が来たら、この家から蹴《け》り出《だ》してやるから」

「……はいはい」

そんなだから、自分はなかなか恋人が作れないんじゃないかと内心で毒づくが、今は借りがあるので、言葉にはしなかった。

そもそも、昔からやたらと口が立った姉に口論で勝てたためしがなく、この姉と上手くやらなければならないお嫁さんのほうが、むしろ気の毒だ。

(僕がお嫁さんなら、三日で出ていくな)

そんな弟に、アニーがさらに言う。

「それと、十分休んだんでしょうから、今日は早めに出て、待ち合わせには遅れないようにしなさいよ」

「わかっているって」

あまり口うるさく言われると、さすがにトニーも機嫌が悪くなる。

だが、そんな険悪な空気を察したわけでもないだろうに、母親がちょうどいいタイミングでダイニングルームに入ってきて、「あら、トニー」と話しかけた。

「起きたのね。——ちょうどいいわ。せっかくだから、貴方の好きなワッフルでも焼きましょうか？」

「ほんと？　やったあ！」

その様子を見て、『相変わらず長男には甘いんだから」という想《おも》いを込めつつ、アニーが乱暴に新聞をめくった。


数時間後。

母親と姉に見送られて車で実家を出たトニーは、音楽を聴きながら田舎道を軽快に飛ばしていた。

しばらくは見晴らしのいい田園地帯が続き、彼の気分は絶好調である。

青い空。

トンボの過《よぎ》る草原。

なにもかもが、完璧《かんぺき》なくらい調和が取れている。

(なべて世はこともなし――)

音楽に合わせて身体《からだ》を揺らしていたトニーは、カーブに差しかかったところで減速しようとした。

だが、できない。

ブレーキを踏んでも、減速しないのだ。

なにより、踏《ふ》み応《ごた》えが足の裏に感じられない。

「え、なんで?」

驚いた彼は、何度もブレーキを踏み込んでみるが、やはり空を切るような踏み応えのなさしか感じられず、減速される様子はない。

「嘘《うそ》だろう……」

焦った彼は、ひとまずブレーキから足を離し、同時にギアチェンジする。

だが、そっちに気を取られたため、いつしかハンドル操作が疎《おろそ》かになったらしく、気づくと、車体が対向車線に大きくはみ出していた。

運悪く、そこに対向車がやってきて、相手の鳴らしたクラクションがあたりに大きく響きわたる。

ハッとしたトニーがとっさにハンドルを切り、次の瞬間――。

キキキキキイ。

タイヤの軋《きし》む音に続き、トニーの乗る車がバウンドしながら道を逸れた。

第四章　玉手箱の行方

1

日曜日の午後。

ユウリは、紙袋に金の小箱を入れて、待ち合わせ時間より一時間も早くグリニッジにあるホテルへとやってきた。

相手より先にチェックインし、部屋で迎えるためである。

泊まるわけでもないのにわざわざ部屋を取ってもらったのは、金の小箱を人前にさらすことで相手がそのあと強盗にあったりしても大変だし、他にも、初対面ということで互いの顔を知らないため、待ち合わせ場所にホテルの部屋を指定することで、人違いなどを起こさないですむと判断してのことである。

さほど広くはないがそれなりにきれいに整えられた部屋で、ユウリはテーブルの上に金の小箱が入った桐箱《きりばこ》を置くと、ルームサービスに電話して二人分のコーヒーと紅茶を頼み、あとは相手が来るのを待つばかりとなった。

時間は、まだ三十分近くある。

(さすがに、ちょっと早く来過ぎたかな……)

時計を見ながら思うが、遅れてバタバタするよりはマシである。

それより、これから会うトニー・コナーズとは、いったいどういう人物であるのか。

この金の小箱を返す相手として、ふさわしい人なのかどうか——。

(あるいは……)

ユウリは、桐箱を眺めながら考える。

(返す相手を間違えていて、もしトニー・コナーズでないとしたら、いったい、どんなことが起きるのだろう)

正しい相手に返すために、なんらかの邪魔が入るのか。

でなければ、今はなにも起こらず、ただただ、ユウリか、トニー・コナーズがなにかの不興を買うだけか。——ユウリが不安に思うのは、返す相手を間違えた結果、トニー・コナーズに災いが降りかかってしまうことであった。

(やっぱり、もう少し詳しく背景なりなんなりを調べてから、連絡をしたほうがよかったのかもしれない)

いっそ、今から理由をこじつけて、キャンセルしてしまおうか。

悩んでいると、部屋の扉がノックされた。

ハッとしたユウリだったが、やってきたのは、先ほど注文しておいたコーヒーと紅茶であった。

ワゴンを運び入れてくれた給仕にチップを渡し、ふたたび一人になったところで、ユウリは大きく息を吐く。

（……ああ、なんか緊張する）

こういうふうに、仕事として知らない人間と会うというのは、ユウリにとっては初めての経験だ。

これまでにも、関《かか》わってしまった案件のために見知らぬ人間に会う必要に迫られたことはあったが、そういう時は、たいがいシモンかアシュレイが一緒にいてくれたため、心のどこかで安心していられたのだ。

だが、これからは、こうして誰の力も借りずに他者と向き合う場面が増えていくだろうし、それなりの覚悟も必要となってくる。

（それにしても、トニー・コナーズって、どんな人なんだろう……）

結局はそこに戻り、堂々巡りを繰り返すユウリだが、いちおうミッチェルが事前に調べてくれた限りでは、サウスケンジントンの博物館で学芸員をしている二十代の若者ということだったので、ユウリは、今のところ、父親に似て、ほっそりとした学者風な人物を想定している。

考えていると、ふたたび扉がノックされる。

今度こそ、トニー・コナーズだろう。

サイドテーブルの置き時計を見ると、約束の時間ちょうどだった。

慌ててドアを開けると、そこに、帽子を目深にかぶりサングラスをかけた、いささか怪しげともいえる男が立っていた。どこにでもありそうなシャツにジーンズを穿《は》いた若者風の恰好《かっこう》だが、鼻梁《びりょう》の高い顔は三十代くらいにも見える。

なんであれ、もの静かな学芸員というよりは、ポップなサブカルチャー系のイメージが強い。

一瞬人間違いかと思ったが、相手は正確にユウリの名前を呼ぶ。

「ユウリ・フォーダムさん？」

「そうですが、えっと、トニー・コナーズさんですか？」

「すみません、遅くなりました」

応じた男が、部屋に足を踏み入れる。

どうやら、人間違いではないらしい。

きっと、これが彼の休日仕様なのだろう。

ファッションの趣味や好みは、人それぞれだ。

自分を納得させるユウリに、男が付け足す。

「あと、申し訳ありませんが、今日は日曜日なので名刺を持ってきていません。――構いませんか？」

「ええ、全然。実は、僕もまだ名刺を持っていないんです。――あ、でも、店の名刺は持ってきていますから、そちらをどうぞ」

言いながらユウリが差し出したのは、「アルカ」の名刺だ。全体的にセピアがかった、洒落《しゃれ》た枠のある落ち着いた感じの名刺である。

「ああ、どうも」

受け取った男は、チラッと名刺に目をやっただけでポケットにしまい、テーブルの上の桐箱に目を留めて訊《き》く。

「で、例のものは、これですか？」

「そうですけど、よければ、先にコーヒーか紅茶でも――」

「けっこうです」

ユウリの誘いを一蹴《いっしゅう》し、男は急《せ》いた様子で言う。

「それより、中を見てもいいですか？」

「もちろん」

テーブルの前に座ったユウリが、桐箱に手を伸ばしながら続ける。

「ただし、見るぶんには構いませんが」

蓋《ふた》を取り、中身を男のほうに向けながら、ユウリは訊いた。

「これに関する禁忌は、当然ご存じですよね？」

だが、それに応《こた》える声はない。

まぶしそうに桐箱の中を覗《のぞ》き込《こ》んだ男は、感無量といった口調でつぶやいた。

「ああ、これだ。——まさに、これ」

それから、震える手で桐箱から金の小箱を取り出して眺める。

「間違いない。これが、あの——」

感極まって絶句する男の様子は、どこか異様だ。

なにかに取《と》り憑《つ》かれているふうでもある。

（……本当に）

ユウリは、いまだ拭《ぬぐ》えない不信感とともに、そんな男を観察する。

（彼に渡してしまって、いいのだろうか？）

根拠はない。

根拠はないのだが、なにかが、これは違うとユウリに告げていた。だが、だからと言って、自分になにができるというのだろう。

そんなふうにユウリが悩んでいた、その時だ。

テーブルの上に置いてあったユウリのスマートフォンが、鳴る。

とっさに手に取ったユウリは、相手に謝って電話に出る。

「すみません。――急用かもしれないので」

そんなユウリを、男がチラッと疎ましげに眺めた。

「――もしもし？」

『ああ、フォーダム？　どうも。バーロウです』

「あ、どうも、お疲れ様です。――それで、どうかしましたか？」

『そうですね。おそらく、そちらで待ちぼうけをくっていると思いますが、もうお戻りになってけっこうですよ』

「――え？」

眉《まゆ》をひそめたユウリがチラッと男のほうを見てから、スッと席を立って訊く。

「どういう意味でしょう？」

『ですから、どういうもこういうも、いくら待っても、相手は来ないとお伝えしているんです』

「だけど、実際に今、僕は――」

状況を説明しようとしたユウリは、その時、目の前にあった壁の金属部分に映りこんだ情景にハッとする。

そこに、灰皿を高く振りあげ、今まさにユウリに襲いかかろうとしている男の姿が見えたからだ。

ユウリが振り返りざまに逃げるのと、男が灰皿を振り下ろすのが一緒だった。

間一髪。

ユウリが避《よ》けたことでバランスを崩した男が、そのまま勢いよく壁に激突する。

ユウリはユウリで、避ける寸前、手をどこかにぶつけてスマートフォンを落としてしまったが、それを拾っている余裕はなく、テーブルの上に剝《む》きだしで置いてあった金の小箱を引っつかみ、その場で一瞬逃げ惑う。

扉のほうには、男がいる。

あとは、窓か。

だが、ここは六階だ。

だとすると——。

キョロキョロするユウリの後ろで、体勢を立て直した男が、「くそっ」と叫んでふたたび向かってきた。

「それを、よこせ！」

「それ」というのは、もちろん金の小箱のことで、なんとしても渡すわけにはいかなかったユウリは、それを手にしたままバスルームへ逃げ込み、扉を閉めて鍵《かぎ》をかけた。

一瞬後。

ダンッと。

男が、扉に突進する音が響いた。

しかも、音は一度だけではない。

その後は、バン、バン、と。

平手で扉を叩《たた》く音がして、すぐに男の声が続いた。

「開けろ！」

バンッ！

「開けて、それを返せ！」

バンッ！

「それは、俺のものだ！」

バンッ！

バンッ！

「なにもわかっていないくせに、お前なんかが持っていていいものじゃない！」

言いながら男が何度も扉を叩き、そのたびに、ユウリはビクリと身体《からだ》をすくませる。

（ああ、どうしよう……）

震えながら扉を見つめるユウリは、何度目かの強打で扉がメリッと軋《きし》んだところで、周囲に視線を巡らせた。

窓はあったが、小さくて、とてもユウリは出られない。

つまり、逃げ道は塞《ふさ》がれている。

だが、このままでは、扉が破られるのは時間の問題だ。

だとしたら、せめて金の小箱を隠したいが、どこに隠せば見つからずにすむかがわからない。

緊迫した時間が続く。

そして、その間も、断続的に扉を叩く音と男の怒鳴り声が響く。

バンッ。

「おい、いい加減にしろ！」

バンバンッ。

「ここを開けて、それをよこすんだ！」

（もしかしたら、この音に驚いた誰かが通報し、そのうち警察が来るかもしれない）

そのことに一縷《いちる》の望みを抱きながら、ユウリはバスタブの縁《へり》に立ち、天井の通気口を開けると、そこに金の小箱を滑り込ませた。

それから、通気口を閉め、わずかしか開かない小さな窓を開けると、バスタブの縁に座ってその時を待つ。

バンッ。

「おい、開けろ！」

バンッ。

バンッ。

「開けるんだ！」

そして、ついに——。

痺《しび》れをきらしたらしい男が渾身《こんしん》の蹴《け》りを加え、耐えかねた扉が破られる。

怒りと疲労のために肩で息をしながら、男が飛び込んできた。

目が血走っている。

その勢いのまま、ユウリの首を絞《し》め上《あ》げ、顔を近づけて訊いた。

「どこにやった⁉　——え、あの箱をどこに⁉」

首を絞められ、その状態で揺さぶられながら、ユウリは必死に窓のほうを指さす。

「……あそこ」

つられて男が視線をやり、開いた窓を目にした瞬間、カッとしたように乱暴にユウリを突き放して窓に飛びつく。

「落としたのか⁉　きさま、ここからアレを⁉」

信じられないと言わんばかりの口調で言って振り向いた男は、床に横たわっているユウリを見て、ギョッとする。

ユウリの身体は、まったく動かない。

死んでしまったようである。

どうやら、突き放した時にバスタブに頭をぶつけたらしく、その証拠に、バスタブの縁にわずかに血がこびりついている。

ややあって、男が引きつったような笑みを口元に浮かべた。

「——は。ざまあみろ。罰が当たったんだ」

吐き捨てるように言いつつ、それでもユウリのそばに近づくことにはためらいを覚えるのか、少しずつ後ずさりしながら言い訳めいた言葉を口にする。

「神宝《しんぽう》を窓から投げ捨てたりするから、そんな目に遭うんだ」

背中がタオルかけにぶつかったことでギクリとしながら、さらに後ずさって責任逃れの台詞《せりふ》を吐く。

「俺のせいじゃない」

では、誰のせいか。

心では知りつつ、彼はその答えを拒否する。

「俺は悪くない」

そうしてバスルームのドアに辿《たど》り着《つ》いたところで、男はサッと踵《きびす》を返し、脱兎《だっと》のごとくその場から逃げ出した。

人を殺《あや》めたかもしれないという事実から逃げたかったのと、ユウリが外に投げたはずの金の小箱を捜しに行かなければならないという使命感からだ。

そうして、男の消えたあとには、蒸し暑い外気に熱せられた狭いバスルームの床に、ユウリが壊れた人形のようにピクリともせずに横たわっていた。

2

それより少し前。

ロンドンのウエストエンドにある骨董店《こっとうてん》「アルカ」の閑散とした店内に、一本の電話がかかってきた。

静けさの中に虚《むな》しく響く呼び出し音。

一回。

二回。

三回。

と――。

それまで誰もいないように思われた店内で、一人の男がソファーから立ちあがる。

つややかな栗色《くりいろ》の髪に、今風な装いでありながら、どこかレトロな英国紳士を思わせる出《い》で立《た》ち。

この店の管理人であるミッチェルは、少し着崩れた襟元に手をやりながらもう片方の手で受話器を取る。

「はい、『アルカ』です」

とたん、電話の相手ががなりたてた。

『息子が事故に遭いましてね。――もう、驚いたのなんのって』

「――は？」

それはたしかに驚くだろう。

パニックに陥ったとしても、しかたがない。

だが、赤の他人の息子の事故が、「アルカ」とどう関わってくるのか。

溜息《ためいき》をついたミッチェルが、訊く。

「それは、大変ですね。――ただ、えっと、どちら様でしょう？」

『あら、そうね。ごめんなさい。私ったら、気が動転してしまって』

応じた相手が、ようやく名乗る。

『私は、スーザン・コナーズです』

「コナーズ？」

『ええ、昨日、お電話を頂いた』

「ああ、コナーズさん」

そこでようやく納得したミッチェルが、チラッとソファーのほうに視線をやりながら続けた。

「それで、どうなさいました。――息子さんが事故に遭ったということのようですが？」

『そうなんですよ。そちらとのお約束の場所に向かう途中で事故に遭って、病院に運ばれたんです』

「それは、大変でしたね。――容態は？」

『幸い、ケガ自体は軽傷ですみましたが、万が一脳震盪《のうしんとう》を起こしているといけないというので、一晩入院することになったんです』

「ああ、でも、ご無事だったのならよかったです」

『ええ』

同意したスーザンが、『ただ』と続ける。

『息子が言うには、スマートフォンのほうは無事ではすまなかったらしく、待ち合わせ相手と連絡が取れないとのことでしたので、私が、こちらにお電話したというしだいです。遅くなったのは、病院から家までが少し遠かったからで』

「構いませんよ。それより、大変な時にありがとうございます」

礼を述べたミッチェルが、丁寧に応じる。

「担当者にはこちらから伝えます。——それで、私どものほうは急ぎませんし、いつでもけっこうですので、そちらのご都合のよろしい時に改めてご連絡ください。その際に、また引き渡しの日時などを決めましょう」

『ええ、そうしていただけると助かりますわ』

「わかりました。——それでは、息子さんにお大事にとお伝えください」

『どうも』

それを最後に電話は切られ、もう一度溜息をついたミッチェルが、「なるほど」と誰にともなくつぶやく。

「やはり、この件は、一筋縄ではいかないか」

すると、他に誰もいないように思われた店内で、突然、ソファーのところで起きあがった男が、せせら笑うように言った。

「当然だろう。——ここの地下倉庫にあったものが、そう簡単に元の場所に納まるわけがない」

底光りする青灰色の瞳《ひとみ》。

若干乱れた青黒髪。

その視線一つで人を意のままに動かせそうな、どこか蠱惑的《こわくてき》な悪魔を思わせる男の名前は、コリン・アシュレイ。

陰でこの店を取り仕切る、オーナーだ。

アシュレイは、手にしていた書類をテーブルの上に投げ出しながら、「もっとも」と続ける。

「その部分をお前が担う必要は、これっぽっちもないがね」

まるで領空侵犯を責めているような言い方に対し、ミッチェルが「別に」とスマートフォンを取り出してどこかに電話をかけながら言い返す。

「そんな気はないし、僕としては、君に言われて、やるべきことをやっているだけのつもりなんだけど」

それから、繋《つな》がった相手に対して言う。

「ああ、フォーダム？　どうも。バーロウです」

電話の相手はユウリで、彼は現在、待てども現れない待ち合わせ相手にやきもきしているはずだった。

そこで、ミッチェルが伝える。

「そうですね。おそらく、そちらで待ちぼうけをくっていると思いますが、もうお戻りになってけっこうですよ」

するると。

『——え？』

朗報であるはずが、なぜか電話の向こうで驚いた声音で応じたユウリが、かすかに動く気配を漂わせたあと、内緒話でもするように声をひそめて訊き返した。

『どういう意味でしょう？』

「ですから、どういうもこういうも、いくら待っても、相手は来ないとお伝えしているんです」

『だけど、実際に今、僕は——』

実際に、今、なんだというのか。

説明しかけたユウリの声が、突然途切れた。

何ごとかと思う間もなく、電話の向こうでガンッと重い衝撃音が響き、突如通話が途絶える。

なんとも異様な感じだ。

「もしもし⁉　もしもし⁉　フォーダム⁉」

慌てて呼びかけるが、応答はない。

眉をひそめ、呆然《ぼうぜん》と手にしたスマートフォンを見つめていると、いつの間にか近づいてきていたアシュレイが、彼の手からスマートフォンを取って耳に当てる。

ややあって、言った。

「切れているな」

「うん」

「なにが、あった？」

「わからない。――けど、どうやら、誰かが一緒だったらしい」

「誰かって？」

「さあ」

首を傾《かし》げたミッチェルが、「少なくとも」と応じる。

「待ち合わせ相手のトニー・コナーズでないのは――、て」

話の途中であるにもかかわらず、踵を返したアシュレイが店を出ていこうとする。

目の前の男が、こんなふうに自分の好き勝手以外で動くことなどないと思っていたミッチェルは、驚いたようにあとを追い、背中に向かって報告する。

「ちょっ、ちょっと。アシュレイ、そんなに急いだところで、彼がどこにいるかもわからないだろうに。なあ、聞いているのかい。フォーダムがトニー・コナーズと待ち合わせたホテルは、グリニッジにある――」

だが、最後まで言い切る前に、アシュレイが片手をあげて話をやめるように指示したため、ミッチェルはとっさに口をつぐんだ。

なぜ、止められたのか。

最初はわからなかったが、気づけば、彼らの前には別の人間がいた。

扉を開けた状態でこちらに背を向けているアシュレイに対し、ちょうど店に入ってこようとしていた人物が、正面衝突する寸前で立ち止まり、アシュレイと間近で対峙《たいじ》していたのだ。

（あ、シモン・ド・ベルジュ――）

ミッチェルは、とっさに心の中でフルネームを呼んでいた。

白く輝く金の髪。

南の海のように澄んだ水色の瞳。

何度見ても見飽きるということがないほど整った顔をしたシモンは、相も変わらず大天使が降臨したかのような高雅さで、彼らの前に立っていた。

そのシモンが、先に口を開く。

「これは、どうも、アシュレイ。ようやくのご帰還で」

「そう言うお前は、またぞろ、ここで油でも売って帰る気だったか？」

「そうですね。――だいいち、どこで油を売ろうと、僕の勝手でしょう」

冷たくあしらったシモンが、「それより」と尋ねる。

「今、トニー・コナーズと言いましたか？」

とたん、シモンの横をすり抜けていこうとしていたアシュレイが動きを止め、チラッと横目でシモンを見る。

「なぜ、その名前に反応する？」

「それは、仕事の上で、僕とも関わりのある人間の名前だからですけど、まさか、ユウリが今日会っているのは、トニー・コナーズなんですか？」

それに対し、答えたのはミッチェルだ。

「ええ、そうですよ。しかも——」

言いかけたミッチェルを、アシュレイが遮る。

「ミッチ。よけいなことを言うな」

「でも」

アシュレイに睨《にら》まれたにしては、臆《おく》せず、ミッチェルが言い返す。

「きっと、あれはフォーダムになにかあったのだし、ここはミスター・ベルジュにも手を貸してもらったほうが——」

シモンがみなまで言わせず、驚いたように繰り返す。

「ユウリになにかって——」

とたん、チッと舌打ちしたアシュレイが、真相を知ろうと腕をつかんできたシモンを振り切るようにして歩き出した。

「まあ、いい。知りたきゃ、一緒に来い。――ただし、道々、お前のほうの話を聞かせるのが条件だ」

そこで、シモンは、一も二もなくアシュレイのあとについて店を出ていく。

その背に向かい、ミッチェルが、遅まきながら、ユウリがいるはずのホテルの名前を叫んでいた。

3

「なるほど。蒔絵《まきえ》の特別展ね」

走り出した車の中でシモンの話を聞いて納得したように応じたアシュレイが、もうそのことには興味を失ったかのようにポケットからスマートフォンを取り出して、驚くべき速さでいじり始めた。

アシュレイの四輪駆動車を運転しながら、その様子をチラッと見やったシモンが、「それで」と問う。

「今度はそちらが話してくださる番ですが、ユウリは、いったいどんな案件に関わっているんです？」

「さてね」

人からさんざん話を聞いたわりに、質問に対しては素っ気ない態度だ。アシュレイらしいと言えばそれまでだが、それで納得するシモンではない。

「さてねって、どういうことです。ことは急を要するんです。ふざけてないで答えてくれませんか？」

それに対し、アシュレイはスマートフォンから顔をあげないまま、面倒くさそうに応じる。

「悪いが、本当にわからない。——そもそも、俺が知っていたら、こんな事態になっていると思うか？」

「どうでしょうね」

なっているとも言えないし、なっていないとも言えないが、たしかに、もしアシュレイが最初から関わっていれば、たとえユウリが危険な目に遭うにしても、こんなふうに一人きりでということはなかっただろう。

ユウリになにが起きたのか。

いったい、彼は無事なのか。

こんなことになるなら、やはりあの時、強引にでも一緒に行くと言えばよかったと、シモンは悔やむ。

後悔しても始まらないのはわかっているが、焦る気持ちは止められない。

だが、ここで焦って、自分が事故を起こしては元も子もないため、シモンは冷静になるためにも、少し気を紛らわすことにする。

そこで、思ったのは——。

「どうでもいいですけど、なんで、僕が運転する必要があるんです？」

「は？」

本当につまらないことを聞いたかのようにスマートフォンを見ながら眉をひそめたアシュレイが、顔をあげずに応じる。

「つべこべ言わずに、しっかりハンドルを握っていろ」

「握っていますよ」

当然のように言い返したシモンに、アシュレイが突然指示する。

「ああ、そこ、右だ」

「——え？」

キキキ。

声と同時に、タイヤの軋む音がする。

驚きながらも、神業的な反射神経で右折してみせたシモンが、大きく揺れた車内で「まったく」と重い溜息をつく。

「近道なのかなにかは知りませんが、次に曲がりたい時は、あと十秒でいいので、早く言ってくれませんかね？」

「うるさいな。曲がれただろう。――ほら、そこ、左」

「だから」

呆《あき》れたように言いながらも、きちんと指示どおりに曲がるシモンに、アシュレイが言う。

「文句があるなら、ミッチのバカに言え。あのノロマが狼煙《のろし》をあげるのが遅れたせいで、俺は、今、超絶忙しい」

そのアシュレイはといえば、たしかに、先ほどから忙しそうにどこかにメールを打ち続けている。

おそらく、その作業のために、シモンに運転を任せたのだろう。

「ミスター・バーロウがノロマ？」

シモンが意外そうに繰り返す。

とてもそうは見えないが、アシュレイにとっては、世間から万能に思われているシモンですら「詰めの甘いお坊ちゃま」になるので、たいていの人間は「ノロマ」か「マヌケ」か、その二つ合わせて「ウスノロマヌケ」のどれかにくくられてしまうのだろう。

しかも、言われても、誰もがそれを否定できないくらい、アシュレイは頭が切れる。

「違うと思うか？」

「さあ。僕は彼のことを、そこまでよく知りませんから」

庇《かば》うでもなく応じたシモンが、尋ねる。

「それなら、貴方《あなた》は、さっきから、ひっきりなしに誰にメールを打っているんです？」

「その道の専門家だ」

「その道の専門家？」

「ああ」

そこで、ようやく顔をあげたアシュレイが、スマートフォンをダッシュボードの上に置きながら説明する。

「ミッチの話では、つい最近、ユウリは客からの照会で、あるものを探しに地下倉庫に降りたそうだ」

「あるもの？」

「彼曰《いわ》く、『金の小箱』だそうだが」

アシュレイが言うと、シモンが「ああ」と納得したように応じる。その際、黄色になりかけた信号は、加速してやり過ごした。頭では冷静になろうとしても、本能的に気が急いているのだろう。

「つまり、恐ろしい偶然としか言いようがありませんけど、トニー・コナーズが、実家で見たことがあると言った、例の、『浦島太郎』的逸話をまとう金蒔絵の小箱がそれだったということでしょうかね？」

言ったあとで、シモンが言い換える。

「いや、この場合、伝説どおりに『玉手箱』と言うべきなのか」

すると、窓の外を眺めていたアシュレイが、視線を移さないまま訂正した。

「正確には、『玉櫛笥《たまくしげ》』だ」

「『玉櫛笥』？」

一瞬、なにを言われたのかわからなかったシモンが、同じ言葉を繰り返すと、アシュレイはようやくシモンのほうを振り返って説明する。

「初期の頃の伝説では、浦島太郎が――これも、正確には『浦島子《うらしまこ》』というそうだが、まあ、そこまで厳密に言っていると大変なので浦島太郎にしてしまうと、彼が異界から持ち帰ったのは、『玉櫛笥』であって、『玉手箱』ではなかった」

「へえ」

意外そうに応じたシモンが、訊く。

「どう違うんです？」

「それは、日本の学者にもよくわかっていない」

答えがないと言いつつ、「ただ」とアシュレイは続けた。

「そもそも、『玉』を取った場合の『手箱』と『櫛笥』でいえば、『櫛笥』のほうが歴史は古いことになっている。『手箱』というのは、後代、貴族など身分の高い者が手回り品を収めるのに使われるようになったものであるらしく、そこにあまり宗教的な意味はないとみていい。それに対し、『櫛笥』というのは、音感から言っても、本来は、神秘性の高いものをしまう箱であったと考えられる」

シモンが、ハンドルを切りながら訊き返す。

「音感？」

「ああ。櫛《くし》は古い日本語で『不思議だ』とか『霊妙だ』といった意味を持つ『奇《く》し』に通じる魔力あるもので、伊邪那岐《いざなぎ》という神が、伊邪那美《いざなみ》という、冥界《めいかい》に降りて鬼と化した妻のところから逃げ帰る際に解き放った呪物《じゅぶつ》の一つだ」

「櫛……」

「そもそも、日本語の『髪』は『神』に通じ、そこに挿す髪飾りや櫛には、特別な呪力があるものとされてきた」

「なるほど。つまり、そういったものをしまう箱が、『櫛笥』だったわけですね？」

「ああ」

うなずいたアシュレイが、「昨今の通例では」と説明を続ける。

「『櫛笥』を化粧箱とみなすようだが、これは、女性の手回り品を収める『手箱』の中に『櫛笥』や『鏡箱』などが収納される場合もあるようだから、一概にそうとは言い切れない。むしろ、『櫛笥』の中には四本の櫛を入れるのが妥当とみなしている学者もいるようなので、本来、『櫛笥』は櫛を収める箱であったとみていいはずだ。——もちろん、その櫛は、ただ髪を梳《す》くだけのものではなく、呪力を秘めた櫛であるわけだが」

話していたアシュレイが、そこで一度スマートフォンを取りあげ、ざっと目を通してから再開する。

「ただし、ここに『玉』がつくと、話は違ってくる」

「どういうふうに?」

「それは、『玉』というのは魂のことをさす『魂《たま》』に通じることから、この場合、『手箱』だろうが『櫛笥』であろうが、そんなことはいっさい関係なくなり、浦島太郎が持ち帰った『玉手箱』は、唯一、魂の容《い》れ物《もの》としての役割を負うことになると考えられる」

「魂の容れ物……」

興味深そうに話を聞いているシモンに、アシュレイが、「日本のある浦島伝説の研究者は」と続けた。

「浦島太郎の持ち帰った『玉手箱』——あるいは『玉櫛笥』を、そのまま化粧箱とみなしているようなんだが、それは『化粧《けしょう》』するという行為が、言い換えると、その者を神へと『化生《けしょう》』させることになり、浦島太郎は、玉手箱を開けたことで、神になったのではないかと唱えていた。要するに、魂のレベルでの変化だな」

「魂のレベルでの変化……ですか」

「ああ」

指を振りながら応じたアシュレイが、珍しく他人を誉《ほ》める。

「おもしろい考え方だし、事実、古代においては、化粧というものが、ただ外観をよくするためにされるのではなく、神と交わる神官に対してなされたことを思えば、それもわからなくはない」

「たしかに、おもしろいですね。神に化生するというのは、つまり、次元を超えて神の世界に行くわけですよね？」

「そうだが、言っておくが、その『神』とは、西洋世界における唯一神とは違い、当然、行き先も天国ではない」

「そうですね。むしろ、妖精《ようせい》の世界である『常若の国《ティル・ナ・ノグ》』などに近いものでしょう」

さすがに、それくらいは、シモンにもわかる。

とはいえ、アシュレイの言っているのは、あくまでも『玉手箱』に対する概念でしかなく、現実に存在する金蒔絵の小箱に対する具体的な説明をしているわけではない。

そこで、シモンが疑問を口にする。

「ただ、それはそれとして、現状に目を向けると、アシュレイの言うとおり、『手箱』であれ『櫛笥』であれ、『玉』がつくものであるならどちらも一緒であったとして、トニー・コナーズの祖父が持ち帰った箱は、そのどれに相当するものなんでしょう？」

アシュレイが、おもしろそうに口元を引きあげて応じる。

「いい質問だ」

それから、フロントガラス越しに現れた建物を見すえながら、続ける。

「預け主であるアンドリュー・コナーズは、預ける理由として、『手元に置いておくと開けてしまいそうだから、自分が死ぬまで預かってほしい』と告げたそうだ」

「まさに、禁忌の箱ですね」

「そうだ。――となると、それが単なる『手箱』や『櫛笥』であるとは考えにくい」

「なるほどねえ」

納得したシモンが、「だとしたら」と述べる。

「彼が体験したと語った『浦島太郎』現象の話も、案外、まったくの作り話とは言えなくなりますね」

「まあ、そうだろうな。――じゃなきゃ、そもそも、ユウリは動かない」

ユウリの名前が出たところで、若干不満げに水色の目を細めてチラッとアシュレイを見たシモンが、車を減速させようとしたところで、違う光景に気を取られ、「あれ？」と声をあげた。

「――あの人」

「なんだ？」

アシュレイに問われ、半信半疑のままシモンが答える。

「いえ。――見間違いかもしれませんが、今、そこの角を曲がっていった男性に見覚えがある気がしたんです。服装も違うし、帽子を深くかぶっていたから断言はできませんが、たしか、蒔絵の特別展のために日本から来ていたコーディネーターで、名前を山村カイトといったはず」

言いながら、バックミラーを覗いて確認したシモンが、信号を渡ろうとして、一瞬こちらを振り返った顔を見て、「やっぱり」と言う。

「間違いない。山村カイトです」

バックミラーを気にしつつ運転を続けたシモンが、「だけど」と不思議そうに付け足した。

「彼は、昨日今日と、それこそ、ユウリが会うはずだったトニー・コナーズと一緒に、バーミンガムにある彼の実家に金蒔絵の小箱を見に行っているはずだから、もし行動を共にしていたとすれば、同じく事故に巻き込まれていないとおかしい……」

疑念は残ったものの、もう目の前にくだんのホテルが見えていたため、シモンとアシュレイは、とりもなおさず、ユウリの無事をたしかめに向かった。

4

ホテルの従業員に事情を説明し、鍵を開けてもらって踏み込んだ部屋の中には、一見すると誰もいなかった。

だが、テーブルの上には、「アルカ」の紙袋があり、そのそばには空の桐箱が転がっている。

明らかに、ユウリがいた証拠である。

「ユウリ！」

「ユウリ、どこにいる⁉」

名前を呼びながらクローゼットを開けたアシュレイとは別に、シモンは奥のバスルームの中を覗き込む。

「ユウリ！」

そこに、床に倒れ込んでいるユウリを発見した。

「ユウリ‼」

叫んだシモンが、すぐにアシュレイに言う。

「見つけました、アシュレイ！　――救急車を！」

スマートフォンを手にしながら背後に立ったアシュレイが、繋がった救急にケガ人がいることを的確に伝える。

電話を切ったあと、ユウリと、ユウリを介抱するシモン、それから開いている窓などをぐるりと見まわしたアシュレイは、最後に天井に視線を向け、底光りする青灰色の目を細めた。

その間にも、シモンの必死な声が響く。

「ユウリ、ああ、ユウリ。どこかにケガを……」

気を失っているユウリの身体に触れることに躊躇《ちゅうちょ》しつつも、シモンがそっと傷の有無を確認する。

どうやら、こめかみのそばに切り傷がある以外、大きな外傷はなさそうである。この様子なら、さほど強くはぶつけなかったはずだ。

その証拠に、ほどなくして、ユウリの意識が戻る。

「……ん」

痛そうに顔をしかめながら身じろぎしたユウリを、シモンがホッとしたように呼ぶ。

「ユウリ、気がついたかい？」

「……え、シモン？」

なぜ、目の前にシモンがいるのか。

自分は、今までなにをしていたのか。

まったくわからない様子で、ユウリがぼんやりとした目を向けてくる。

「な……んで、シモン？」

状況が把握できないまま起きあがろうとしたユウリを、シモンがそっと押《お》し留《とど》めた。

「ああ、今はまだ動かないほうがいい、ユウリ。君は、誰かに襲われて頭を打った可能性がある。――もうすぐ、救急隊が来るから、もう少しそのままでいるんだ」

シモンがそばにいることで安心したらしいユウリが、バスタブを見ながら考える。

「だけど、僕はどうしたんだっけ。……たしか、金の小箱を渡すために」

口にした瞬間、「あ！」とユウリが動く。

「そうだ、金の小箱！」

「だから、動いちゃダメだって」

シモンがユウリの身体を押さえ込むのと、上からアシュレイの声が降ってくるのが、ほぼ同時だった。

「――なるほど。これが、禁忌の玉手箱ってわけか」

そのどこか嘲《あざけ》るような声もさることながら、シモンの背後でバスタブの縁に立ち、天井に手を伸ばすアシュレイの姿を目にしたとたん、ユウリが、今度こそ本当に驚いて漆黒の目を丸くする。

「――アシュレイ⁉」

とっさにシモンの手をすり抜けて起きあがり、その動きでめまいを覚えたユウリは、支えてくれたシモンの腕の中で一呼吸置いたあと、改めてアシュレイと、彼が手にしている金の小箱を見て言った。

「え、なんで、アシュレイ？」

それに対し、口元を引きあげたアシュレイが、「それは」と問う。

「なぜ、俺がここにいるのかと訊いているのか、それとも、なぜ、俺がこれを手にしているのかと訊いているのか」

「――えっと」

悩んだ末に、ユウリは答える。

「両方です」

「それはまた、欲張りな」

笑ったアシュレイが、言う。

「まあ、だが、こんなもののためにケガまでして、さすがに憐《あわ》れだから教えてやるが、俺が戻ったのは、お前が地下倉庫に入ったからで、これを手にしているのは、愚かな襲撃者と違い、俺には、お前がやることなんてすべてお見通しだからだ」

「……なるほど」

どうやら、ユウリがここにいるのに金の小箱はなく、襲撃者が持ち去った可能性も否定はできなかったが、窓が開いているのはフェイクで、さらに天井の通気口の蓋がわずかにずれているのを見逃さず、そこに隠したと一瞬で見破ったようである。

そして、こんな姿のユウリを見ても、さしたる同情はしない。おそらく、「間抜けな奴《やつ》だ」くらいに思っているのだろう。

しばらく会わないうちに油断していたが、アシュレイとは、そういう人であった。

「……なんだか、アシュレイ、変わりなくてよかったです」

そんな感想を述べたユウリに対し、一瞬眉をひそめたアシュレイが、「当たり前だ」といなしてから、「それより」と文句を言う。

「身を挺《てい》してまで、これを襲撃者の手に渡らないようにしたのはいいとはいえ、もし、今後、こんなふうに一人で動くようなことがあったら、迷わず、相手が欲しがるものをくれてやれ」

「え、でも」

「『でも』もクソもなく、強盗に襲われたら財布を差し出すというのは、今や常識だぞ」

「今回ばかりは、僕も同意見だよ、ユウリ。それができなければ、今後、この仕事を続けることに賛成はできなくなる」

シモンにまで言われるが、ユウリは納得がいかずに反論する。

「そうは言うけど、渡してしまったら――」

だが、ユウリの反論を指先一つで止め、「言っておくが」とアシュレイが付け足した。

「たとえ、お前が相手に渡したところで、それを取り返すことくらい、俺には赤子の手をひねるより簡単なんだってことを、覚えておけ」

傲岸不遜《ごうがんふそん》。

傍若無人。

その自信はいったいどこから湧《わ》いてくるのかわからないが、やはり、なんともアシュレイらしい台詞を聞き、小さく溜息をついたユウリがうなずいた。

「わかりました」

「当然だ。最初から素直にそう言え」

違う意味で頭痛がしそうだと思って額を押さえたユウリが、ふとあることを思いついて顔をあげる。

「あ、そうだ、アシュレイ。その箱、開けたくなる気持ちはわかりますが、だからといって、いつもの調子で、そこにかかっている紐《ひも》を解かないでくださいね。――たぶん、すごく面倒なことになると思うので」

だが、ユウリの言葉に対し、アシュレイのみならず、シモンまでもが不思議そうにユウリを見おろした。

「――紐？」

「紐って？」

二人同時に同じ反応を返され、ユウリが「え？」と首を傾げる。

「だから、紐」

「いや、だから、紐って？」

再度問われ、ユウリが固まる。

（え。――もしかして、二人には見えていない？）

というより、もしかしたら、最初から、この紐はユウリにしか見えていなかったのかもしれない。

そうと知って改めて見れば、金の小箱にかかっている紐は、輝きながら、その存在感をしだいに儚《はかな》いものへと変えていく。

そこにあってないように見える朧《おぼろ》な紐。

そうなると、紐結びが異様に複雑なのもうなずける気がした。

ということは、だ。

（この小箱の持ち主って……）

考え込むユウリのもとへ、到着した救急隊員が駆けつけ、その場で傷の応急手当てをしてくれる。目に光を当てられ、指先の動きを追うように指示された結果、ひとまず脳に大きな損傷はなさそうだとわかってホッとした。

それでもいちおう頭を打ったということで、ユウリはそのまま救急車で病院へと運ばれる。もちろん、その際はシモンが付き添ってくれ、かなり時間をかけて詳細な検査がなされたが、やはり、特に異状は見られないということで、幸運にも、その夜のうちに解放された。

5

病院から戻ったシモンとユウリは、それぞれの家には帰らず、「アルカ」の上階にある居住スペースへと向かう。

案の定、居間兼ダイニングにはアシュレイがいて、コーヒーを片手にテーブルの上に置かれた金の小箱を鑑賞していた。

それが、シモンを少しばかり憂鬱《ゆううつ》な気分にさせる。

というのも、これまでこの場所は、アシュレイが姿を見せなかったことで、いつしかシモンにとって、ユウリとのんびり過ごせる聖地のような存在になっていたのだが、その幻想も、ついに今日で終わると知ったからだ。

幸せは長く続かないというが、まさにそのいい例である。

もちろん、それを承知の上で、シモンはここにおのれの居場所を確保したわけだが、アシュレイは上階にプライベートの空間を広く持っているのだから、階下に降りてくる必要はないはずだし、半分くらいそれを期待していた。

だが、やはり甘かったようだ。

たとえ、ユウリとシモンが気を遣ってアシュレイのプライベートの空間に足を踏み入れなかったとしても、アシュレイのほうは、平然とこの寛《くつろ》ぎの居間兼ダイニングや、下手をすれば、ユウリやシモンの個別の部屋にすらズカズカと土足で踏み込むだろう。

それが、アシュレイという人間だ。

（要は）

シモンは、ユウリが使えるようにしておいてくれた漆器のコーヒーカップを――、しかも、あの特徴的な緑のカップを断りもなく勝手に使用しているアシュレイを見ながら、重い溜息とともに思う。

（ヴィクトリア寮《ハウス》での生活が戻ってきたと思えばいい）

パブリックスクール時代の後半には、居住区である寮内に各自の部屋を与えられていたとはいえ、そこは、常に他人が出入りできる空間であったため、完璧《かんぺき》なプライベートというのは存在しなかった。

もちろん、礼儀として、最低限ノックをするようにはしていたし、お互い極力遠慮し合うだけの思慮分別は持っていたが、その時も、アシュレイだけは別格で、驚くほどの傍若無人さで人の領域を侵していた。

それを思えば、ここも、あの時ほど対象者が多くないとはいえ、完全なるプライベートが確保できるなどと都合のいいことを考えなければいいのだ。

そんなことを思って少々げんなりしていたシモンは、ふと、アシュレイの肘《ひじ》の下にあのウミガメがいるのに気づいて、水色の目を細める。

なぜ、よりにもよって、ウミガメを下敷きにしているのか。

(……ああ、もしかして)

シモンは、ふと想像する。

ユウリとシモンがいない間、一人でこの場所に踏み込んだ際、このウミガメに突然遭遇し、さすがに豪胆で動じないアシュレイをしても、一瞬、ギョッとさせられたのではなかろうか。

その腹いせにああして下敷きにしているのかもしれないと考えたら、ちょっとだけ胸のすく思いがした。

シモンの感慨をよそに、ユウリがアシュレイに近づきながら言う。

「アシュレイ、ご心配おかけしてすみませんでした。——検査の結果は、異状なしということでしたので」

「だろうな」

ユウリの状態から勝手にそう判断していたらしいアシュレイは、感動もなにもない様子で言い放つと、「それより」と訊く。

「このカメはなんだ？」

「ああ、それ」

アシュレイの肘の下からかわいそうなウミガメを救出したユウリが、代わりにクッションを置きながら答えた。

「誰かの忘れ物か、忘れ去られた者からの使いか、よくわかりませんが、とにかく、しばらくはここに置いておくことにしました」

手にしたウミガメをサイドテーブルの上におろしたユウリが、シモンと自分のためにコーヒーを淹《い》れようとするが、ユウリの体調を気遣ったシモンが代わってくれたため、おとなしくソファーに腰をおろして待つことにした。

やがて、残っていた漆器のコーヒーカップのうち黒と朱色にコーヒーと、ユウリには刺激の少ないココアを作って戻ってきたシモンが、それを自分たちの前に置いてから、「それで」と言った。

「いったい、なぜこんなことになったのか、それをはっきりさせないと」

シモンとしてはこれからいろいろと訊き出すつもりであったのだが、毎度のことながら、時間を無駄にするということのないアシュレイは、すでにある程度の仕事をきっちりこなしていて、シモンの疑問にあっさり答えた。

「『なぜ』はさておくとして、『誰』という点から言うと、こいつを襲ったのは、お前がホテルの近くで見たと俺に教えた『山村カイト』という日本人で間違いなさそうだ」

「――そうなんですか？」

意外そうなシモンの横で、ユウリも「え？」と驚いている。

「あの人、やっぱり、トニー・コナーズではなかったんですね？」

「ああ」

うなずいたアシュレイが、事実を教える。

「トニー・コナーズは、事故で入院していて、あの場に来ることは不可能だった。その連絡が彼の母親を通じて『アルカ』に入り、電話を受けたミッチがお前に連絡した矢先の事件だったわけだから」

「なるほど」

ユウリ自身も、病院で検査を受けている間におおよその経緯を思い出していて、「それなら」と尋ねる。

「その『山村カイト』というのは、誰なんですか？」

それから、シモンを見て続けた。

「シモンは、知っている人みたいだけど」

「そうなんだよ」

認めたシモンが、「山村カイトは」と説明する。

「この前も少し話した、今回、ベルジュ家に展示依頼が持ちかけられた蒔絵の特別展のために日本から来英し、コーディネーターを務めていた関係者の一人で」

「そうなんだ⁉」

驚くユウリを前にして、シモンが「それで」と言う。

「彼が持ってきた資料の中に、問題の金の小箱——僕たちの間では『金蒔絵の小箱』という認識でいたけど——があって、それを見たコナーズが、実家に同じものがあると言い出したんだ」

「へえ」

「しかも、コナーズの祖父であるアンドリューは、それを日本で手に入れた際、まさに『浦島太郎』のような体験をしていて、さらに、手に入れた小箱には、『開けるべからず』というお定まりの禁忌まで課せられていた」

「なるほどねえ」

感心したユウリが、「たしかに」と共通点をあげる。

「僕が読んだ金の小箱の資料にも、説明書きとして、『開けてはいけないと言われている箱だけど、手元に置いておくと開けてしまいそうだから、自分が死ぬまで預かっておいてほしい』というのが預け主の依頼の趣旨だと書かれていたから、同じものであるのは間違いないみたいだね」

「そうなんだけど、トニー・コナーズは、それがミスター・シンのもとに預けられていたことは知らなかったみたいで、存在を疑う山村カイトに、なんなら、亡くなったばかりの祖父の遺品を整理しに行くから、一緒に来て実物を見たらいいと誘ったんだ。――それが、この週末の話で」

「ふうん」

いちおう背景がわかり始めたユウリだが、理解できないことはまだあった。

「だけど、その山村カイトという日本人は――」

言いかけたところで、ふと気になったように話を脱線させる。

「そういえば、僕が会った人は、日本人というにはかなり鼻梁が高くて、見た感じは、明らかにアングロサクソン系だった」

シモンが答える。

「彼のおばあさんが、イギリス人だったそうだよ」

「あ、なるほど」

「ただ、彼自身は日本生まれの日本育ちで、当然日本国籍を持っていて、あの顔立ちでも正真正銘日本人ということになる」

「へえ」

納得したユウリが、話を戻して言う。

「ごめん、話が逸《そ》れて。――それで、その山村カイトという人は、なぜ、犯罪まがいのことをやってまで、この金の小箱を手に入れようとしたんだろう」

「『犯罪まがい』というか、立派に犯罪だけど」

シモンの指摘に、ユウリが同意する。

「ま、そうなんだけど、それはそれとして、まさか、本当に、これに、おとぎ話の玉手箱のような、なにか神秘的な力が秘められているとでも思ったのかな?」

「それは、ごめん、今のところ、僕にもわからない」

シモンが降参すると、それまで黙って二人の会話を聞いていたアシュレイが、「バカバカしい」と口をはさんだ。

「そんな子供じみた理由で、自分のキャリアをふいにする人間がどこにいる」

振り返ったシモンが、疑わしげに訊き返す。

「だったら、アシュレイには、彼がなぜ、今回のような犯罪行為に走ったのか、その理由がわかるんですか?」

「ああ」

あっさりうなずいたアシュレイが、断言する。

「山村カイトが無謀ともいえる犯罪に走ったのは、一つには自分だとばれないと期待してのことで」

言いかけたアシュレイを遮るように、シモンが「ばれない？」と疑わしげに繰り返す。

「そんなわけないでしょうに。なんと言っても、顔がばれているんだし、なにより、あの場に現れたこと自体、関係者である証拠なわけですから」

「だが、案外、奴は周到で、ホテル内では帽子を目深にかぶってサングラスをしていたから顔は防犯カメラにはっきりとは映っていなかったようだし、スマートフォンは、防犯上の理由から、ふだん使っているものとは別に、旅行先での通信用に一台、使い捨てにできるものを用意していて、それをわざと駅のごみ箱に捨てることで、どこかで失《な》くしたことにしようとしたらしいからな」

「なるほど。あくまでも、拾った人間がメールを読んで犯行に及んだと言い逃れるつもりでいたんですね？」

「ああ。事実、お前があそこで見かけていなければ、俺が奴を容疑者として警察に通報することはなかったわけで、うやむやなうちに彼は帰国し、なんだかんだ、身柄を拘束されることはなかった可能性がある」

つまり、警察の素早い対応には、アシュレイの入れ知恵があったらしい。

いちおう納得するシモンであったが、「でも」と反論する。

「だとしても、やはり疑いはかけられるし、そこまでする理由がわかりません」

それに対し、アシュレイが片手を振って、「だ、か、ら」と先ほどの続きをしゃべり出す。

「もう一つ、当然、こっちのほうが主たる理由だが、山村カイトが、そこまでして危険な橋を渡ろうとしたのは、このちっぽけな金の小箱が、日本人にとっては、なにものにも代えがたい宝の一つだからだ」

「なにものにも代えがたい宝の一つ？」

繰り返したシモンとユウリの前に、アシュレイは一枚の写真を滑らせる。

そこには、テーブルの上に載っている金の小箱と似た文様の描かれた、だが、明らかにもう少し立派な箱が写っていた。

まばゆい沃懸地《いかけじ》に籬《まがき》と菊の描かれた螺鈿《らでん》蒔絵の箱。

「ああ、これ」

シモンが反応する。

「たしかに、山村カイトが見せた資料と同じものですね。彼の資料には、これと一緒にもう少し小さい箱と丸い容れ物があったようですが」

「それは、この手箱の付随物だな」

ユウリが、そばに書かれた日本語を読み取ってつぶやく。

『籬菊螺鈿蒔絵手箱　模造　鶴岡八幡宮《つるがおかはちまんぐう》』

それから、顔をあげて訊いた。

「これは？」

「そこにあるとおり、鎌倉《かまくら》にある鶴岡八幡宮が秘蔵している手箱だ。鎌倉時代に時の施政者であった北条政子《ほうじょうまさこ》が奉納したことで知られていて、『政子の手箱』との愛称があるくらい有名らしい。――北条政子は、お前ならわかるな？」

「お前」というのはユウリのことで、当然、北条政子の名前は知っていたが、この奉納物については特に知識がなく、不思議そうに訊き返す。

「でも、ここに『模造』ってありますけど？」

「ああ。本物は一八七三年にウィーンで開かれた万国博覧会で展示され、その見応《みごた》えから、のちのヨーロッパに日本の螺鈿蒔絵の素晴らしさを知らしめたといわれているんだが、悲劇は、その帰りに起きた」

「悲劇？」

「そう。翌年、『籬菊螺鈿蒔絵手箱』を含む多くの美術工芸品を積んだフランスの郵船ニール号が、伊豆入間村《いずいるまむら》の沖合で座礁し、神宝もろとも海に沈んでしまったんだ。翌年には積み荷の一部が引きあげられたものの、肝心の手箱は見つからなかった」

「――ああ、だからか」

シモンがこっそりつぶやいたのは、会合の際、山村カイトが古い蒔絵の貸し出しに日本政府が及び腰である理由として「トラウマ」という言葉をあげていた理由が、ここではっきりしたからだ。

そんなシモンをチラッと見つつ、アシュレイが続けた。

「以来、何度か大規模な引きあげが試みられたが、残念なことに、希代の美しい手箱やその付随物が見つかることはなかった」

そう締めくくったアシュレイが、「俺が思うに」と金色に輝く小箱に視線を向けながら、推測する。

「鶴岡八幡宮に納められた時点で、これらは神の所有物となったわけだ。ただ、八幡宮の主神である八幡神はいちおう応神天皇《おうじん》とみなされているが、その実、渡来神としての正体ははっきりしていない。まして、共に祀られている比売神《ひめがみ》に至っては謎《なぞ》だらけで、いちおう、天照大神《あまてらすおおみかみ》と素戔嗚尊《すさのおのみこと》の誓約《うけい》によって生まれた三女神とされるものの、他の説として、玉依姫《たまよりひめ》や豊玉姫《とよたまひめ》の名前があげられることもある」

「玉依姫と豊玉姫」

「そう。ユウリは知っていると思うが、その二人が竜宮城に住む姉妹神であることを考えれば、八幡宮に奉納された手箱とその付随品が海に沈んだことにより、本当に神の手に渡ったと考えることは可能だろう」

「つまり」

シモンが、驚いたように言う。

「アシュレイが言っているのは、この金蒔絵の小箱はかつて海に沈んだという神宝の一つで、しかも、昭和になって日本に渡ったアンドリュー・コナーズは、伝説どおり、竜宮城にいる比売神の手からこの小箱を渡されたということですか？」

「そうだ」

認めたアシュレイが「少なくとも」と続ける。

「伊豆で海に落ちたアンドリュー・コナーズがこの小箱を手に入れたと聞き、山村カイトが、そのおとぎ話めいた入手経路はさておき、これを海に沈んだ本物の神宝の一つであると考えたのは間違いないだろう。──だから、犯罪まがいのことをしてまでも、手に入れようと躍起になった」

「たしかに、それなら、動機としては十分ですね」

シモンが納得し、その横でユウリも「そうか……」とうなずく。

ユウリの場合、禁忌を示す紐結びが自分にしか見えないものだと知り、そこから、これが人智《じんち》の及ばないものの所有物であることはわかっていた。ただ、肝心のその所有者が誰かというのは、依然謎のままであったのだが、今のアシュレイの説明で、すべてが明らかとなる。

つまり、これは、浦島太郎の伝説どおり、竜宮城にいる玉依姫か豊玉姫のものであり、そうであるなら、鎌倉でもドーバーでも、海に還《かえ》してやれば、おのずと所有者のもとに戻るはずだ。

そう考えながらふと目をやると、こちらを見ているウミガメと目が合った。

（……ああ）

ユウリは、「なるほどね」と思う。

どうやら、あのウミガメも、ただ迷い込んだわけではなく、遥《はる》か海を越えてやってきた使者だったということらしい。そして、そう悟った瞬間、ユウリは、夢の中でシモンがウミガメの剝製《はくせい》について言い放った台詞をまざまざと思い出す。

「どうしても信じられないというなら、いいでしょう。今から証拠をお見せします。簡単なことですよ。これが剝製であるという証《あかし》に、こうして海に投げ入れたら、元に戻って元気に泳ぎ始めます。──目を凝らして、よく見ていてください」

たしかに、シモンはそう言った。

夢の中のことゆえ、起きて考えたら、なんとも間が抜けた台詞であると思ったが、あれは決しておかしな理屈などではなく、夢を通じて誰かが届けたメッセージであったのかもしれない。

（わかったよ）

ユウリは、ウミガメを見つめながら約束する。

（この小箱を海に還す時は、忘れずに君も一緒に――）

すると、気のせいかもしれないが、ウミガメがニッコリと笑ったように見えた。

ただ、そうなると、残る問題は一つ。

このことを、どうやって、コナーズ家の子孫に納得させるかであった。

と――。

悩むユウリの前で、シモンが人差し指をあげて、「一つ」と問う。

「思うんですけど、伝説によれば、浦島太郎は禁忌を破って蓋を開けてしまいますが、アンドリュー・コナーズは開けなかった。――浦島太郎が、その後どうなったかはいろいろとバージョンがあるみたいではっきりしたことはわからずじまいですけど、先ほどのアシュレイの言い分を借りるなら、彼は、化粧して――つまりは化生して、竜宮城へと戻ったことになるわけでしょう。それなら、アンドリューも、小箱を預けてまで禁忌を守らず、いっそのこと、開けてしまえばよかったのではありませんか？」

たしかに、一理ある。

ユウリは、車の中でかわされたらしい化粧云々《うんぬん》の会話は聞いていなかったが、今の話はもっともだと思ったので、一緒になってアシュレイを見れば、彼は、どうでもよさそうに肩をすくめて応じた。

「ある意味、そうとも考えられるが、言ったように、禁忌を破ることで向かう先は、決してキリスト教圏における天国ではない。——それを、おそらくキリスト教徒であったはずのアンドリューが、死の間際で望んだかどうかはわからない」

「ああ、まあ、そうですね」

「それに、そもそも『化粧』イコール『化生』というのは、あくまでも研究者が唱えた説の一つに過ぎず、禁忌を破ったことによる結末は、まだ誰も知るところではない」

「つまり、やはり開けなくて正解だったと？」

「さあ」

両手を開いて応じたアシュレイが、「箱の中の」と付け足した。

「状態というのは、お前も知ってのとおり、開けた瞬間に決まるものだからな。俺たちにはその瞬間まで知らされることはないってことだ」

「なるほど」

大きくうなずいたシモンが、最後は冗談で締めくくった。

「シュレーディンガーの猫は、僕なんかが思っていた以上に、遥か昔からずっと箱の中にいたってことですね」

6

翌週。

ユウリは、「アルカ」にて、改めてトニー・コナーズと対面した。

その際、ユウリが驚いたのは、彼の顔が、この店に金の小箱を探しに来た客と瓜二《うりふた》つだったことである。

「――え？」

驚いたユウリは、名乗るのも忘れて尋ねていた。

「もしかして、以前、お店にいらしたことが……？」

だが、トニーはキョトンとして、「いいえ」と否定する。

「僕は、そちらから電話があるまで、この店のことは知りませんでした」

「……そうですか」

やはり、別人であるらしい。

だが、他人というには、似過ぎている。

そうなると、一つの可能性として、あれは彼の祖父であるアンドリューの若き日の姿であったと考えていいのかもしれない。

おそらく、年齢的なことから推測して、彼が金の小箱を手に入れた頃の姿だ。

ユウリが感慨深く思っていると、あたりに視線を投げながら、トニーが「でも」と告げた。

「なんとなく懐かしい気はするし、なにより、いいお店ですね。知らなかったことが恥ずかしいくらいで、これからは、ちょくちょく覗きに来ようと思います」

どうやら、「アルカ」の表向きの看板に対し、顧客が一人増えたらしい。

苦笑しつつ、ユウリが確認する。

「失礼ですけど、おじい様の若い頃に似ていると言われたことはありませんか？」

「ああ、しょっちゅうですよ」

答えたトニーが、訊き返す。

「でも、どうして、そう思ったんですか？」

「ああ、いえ」

ユウリが返答に困って言葉を濁すと、トニーが探るような目を向けながら「もしかして」と問いかけた。

「祖父の幽霊でも、来ましたか？」

「――――え？」

驚いたユウリが絶句して固まると、その反応を見て納得したらしいトニーが、「というのも」と内緒話をするように声をひそめた。

現在、この店にはユウリとトニーの二人だけなので、その必要はまったくないのだが、話の内容が、つい声をひそめたくなるようなものだから、自然とそうなったのだろう。

「実は、信じてもらえるかどうかはわかりませんが、先週、病院で寝ていた僕の枕元《まくらもと》に祖父の幽霊が来て、言ったんです」

「――なんて？」

「『あの箱は、わが家のものではない。あれは、私が死んだら、正当な持ち主に返さなければならない。でないと、今度は、ケガをするだけではすまなくなる。肝に銘じ、ゆめゆめ欲など出さないようにしろ』。――そう言って、消えてしまったんです」

「……はあ」

ユウリは、なんとも中途半端な相槌《あいづち》を打つ。渡りに船とはこのことであるが、そうかと言って、手放しで喜ぶわけにもいかなかったからだ。

それでも、今日、彼をどう説得し、この素晴らしい美術品の相続を放棄させるかでずっと頭を悩ませてきたユウリにとっては、やはり今の言葉は、幸運という以外、他に言いようがない。

ユウリが戸惑いつつ、尋ねる。

「それってもしや、ミスター・コナーズは、こちらの金蒔絵の小箱の相続を放棄なさるおつもりですか？」

「そうですね」

うなずいたトニーが、「母も」と言う。

「これを持つことで、僕は死ぬかもしれないと話したら、納得してくれました。——もともと、祖父が手放したことも不思議がっていたので、その祖父が夢枕に立ってまで警告したことであれば、本当に、手元にあるとよくないことが起きるかもしれないと信じてくれたみたいです」

説明したあとで、「もちろん」と続ける。

「すごく残念がっていましたが、母も姉も存在を忘れていたくらいなので、別に、それほど愛着があったわけでもないし、むしろ」

そこで言葉を切り、トニーはテーブルの上に置かれた金の小箱を眺めやる。

「僕のほうが、本当につらいし、正直、まだちょっと未練はあります」

「ですよね」

ユウリも、相手に同調してうなずいた。

「これほど美しいものを手放す決断は、そうそうできるものではないと思います」

「やっぱり、そう思いますか？」

名残惜しそうに言ったトニーが、手を伸ばして金の小箱に触れた。その際、もしトニーがそれを開けてしまったらどうしようかと、ユウリはドキドキする。

そんなユウリを尻目《しりめ》に、トニーは金の小箱を眺めながら言う。

「だけど、これのせいで、ミスター・ヤマムラは罪を犯し、今は留置場にいるわけで、これまでに築いてきたキャリアも棒に振ってしまった。――言い換えれば、これのせいで人生を壊されてしまったわけで、それを思うと、そばに置いておくのはとても怖い」

ユウリはうなずく。

トニーの事故は、山村が仕組んだものであった。

彼がトニーの車に細工をし、彼が事故に遭うとわかったうえで、トニーに成りすましてユウリの前に現れたのだ。

それを警察から知らされた時のトニーの衝撃は、いかばかりであったか。

だが、ユウリからすると、山村も、ある意味被害者の一人だ。

これを自分のものにしたいという欲にかられた瞬間から、比売神の不興を買い、本来の自分だったら考えられないような愚行に走ってしまったのだろう。

特に欲を出したわけでもないユウリですら、そのあおりを食らってケガをした。

やはり、これは早急に比売神のもとに返すべきである。

もの欲しげに金の小箱を見ているトニーが、訊いた。

「それはそうと、貴方は、この箱を開けてみたりはしてないんですか?」

「開けるべからず」という禁忌のもとに預けられたこの箱について、いったい、どれだけの人間がその誘惑に勝てるのか、知りたくなったのだろう。

ユウリが答える。

「開けていません」

それから、心底恐ろしげに付け足す。

「そんな畏《おそ》れ多《おお》いこと、僕にはする勇気がありません」

実際、あの豪胆なアシュレイですら、ユウリが病院にいる間、いくらでもそのチャンスがあったにもかかわらず、この金の小箱に課された禁忌には触れていなかった。

そのことは、比売神の施した複雑な紐結びがほどけていなかったことで、証明される。

アシュレイのすごいところは、自分の踏み込んでいい領域と、そうでない領域の選《よ》り分《わ》けができていることで、それでもあえて禁忌を犯そうという時には、それなりの覚悟と準備をしている。

無謀であり続けるということは、それを支えるだけの周到さが必要なのだ。

そうでなければ、本当にただの無謀な人間として、あっという間に失墜する。

はたして、トニーには、そのあたりの選り分けができる賢さが備わっているか。

ややあって、大きく溜息をついたトニーが、金の小箱をテーブルの上に置いた。

「本当に残念ですけど、やはり、祖父が夢枕に立ってまで警告してくれたことを無視する気にはなれないから、これは、そちらにお預けします。——きっと、祖父が平穏な人生を送ったように、こちらに預けることで、僕たちの平穏も守られると思うから」

ユウリが、煙《けぶ》るような漆黒の瞳を向けて静かにうなずいた。

「わかりました。——では、本来の持ち主のもとに返すために、この書類にサインをお願いできますか？」

「わかりました」

ややあって、サインを終えたトニーが、「もし」と問いかける。

「教えていただけなければそれでいいんですが、そちらの言う『本来の持ち主』というのは、もうわかっているんですか？」

「ええ、わかっていますよ」

ユウリはうなずき、いともあっさり教えた。

「これは、海に落ちたアンドリュー・コナーズ氏がそこで賜ったものであれば、当然、その海に還すのが筋ですから、そうさせていただきます。——ご希望なら、その際には、証拠となる写真をお送りしますけど？」

「ああ、はい、ぜひ。可能ならば」

「おそらく、可能だと思います」

これだけの逸品であれば、このあと闇《やみ》で取り引きされてしまうのではないかという疑いが消せないのは、理解できる。

なにより、正直なところ、よくトニーは手放す判断をくだせたものだと言わざるをえないくらいで、きっともともとそういう心根の一族だからこそ、比売神のお眼鏡にもかなったのだろう。

だから、できるだけ、トニーには真実を知らせてあげたいというのが、ユウリの考えだ。

あとは、それを比売神が認めてくれるかであったが、きっと、それくらいは協力してくれるだろうと、ユウリは楽観的に信じていた。

終章

見渡す限り海が広がっている。

水平線の彼方《かなた》にあるのは、太平洋の限りない海原だ。

そこにあるのは、真っ青に輝く海、海、海。

週末。

ユウリとシモンとアシュレイの三人は、プライベートジェットで日本へと渡り、伝手《つて》を通じて借りた外国船籍のクルーザーで伊豆半島《いずはんとう》沖へと出ていた。

とはいえ、彼らはただ遊びに来ているわけではなく、このあと、あまりおおっぴらには言えないようなことをやる必要があるため、操舵《そうだ》しているのはアシュレイで、船には彼ら以外に人はいない。

埠頭《ふとう》でそれを知ったユウリは、こっそりシモンに言った。

「やっぱり、これからは、アシュレイのできないことを探したほうが早いかも」

「そうだね」

同意したシモンであるが、クルーザーの操舵についていえば、彼自身も可能だった。クルーザーやヨットでの遊興は、欧米では比較的ポピュラーであるからだ。もっとも、言えば自慢になりそうだから、シモンは特にコメントせずにおく。

なんにせよ、夏の装いに海風が心地よい。

ここのところずっとスーツ姿だったシモンも、今はマリン系のかなりカジュアルな装いをしている。――ただ、たとえどれほどカジュアルであっても、傍《はた》から見て高貴さはまったく損なわれていないし、実際、身にまとっているものも、ベルジュ・グループの傘下にある服飾ブランドのものだ。

そんな実にクルーズ日和の中、サングラスをかけたアシュレイが適当なところで船を停《と》めて、二人のほうを振り返る。

「このへんで、いいだろう」

そこでユウリはサイドデッキを渡ってフロントデッキに立ち、穏やかな揺れを足の裏に感じながら手にした金の小箱をつきだした。

その足下に、シモンがウミガメの置物を置き、すぐにその場を離れる。このあと、シモンにはスマートフォンでの撮影を頼んであるため、ちょうどいい位置に陣取って準備をしてもらう。

もちろん、撮影とはいっても、撮るのは小箱を海に投げ入れる瞬間を切り取ったスナップ写真のみで、その前後の儀式は写さない。

準備が整ったところで、一度大きく深呼吸したユウリが片手を小箱から離し、その手を北から東へと動かしつつ日本語で唱え始めた。

『水生木大吉《すいしょうもく》　祈願円満』

と――。

ユウリの指が示した空間に、突如ポッと青い光が灯《とも》り、ゆらゆらと揺れ動きながら宙に留《とど》まった。

次に、ユウリは東から南に手をやって言う。

『木生火大吉《もくしょうか》　祈願円満』

それにともない、今度は南に赤い光が灯る。

通常、ユウリは、これとは違う言葉で異なる精霊たちを呼び出している。

だが、「郷に入っては郷に従え」の格言どおり、今回は、この地に合ったモノたちに助力を頼むことにしたらしい。

かように、ユウリの霊能力は計り知れない。その秘めたる能力から考えて、おそらく使用する言葉や呪文《じゅもん》の類《たぐ》いはあまり関係ないはずだ。

目の前に正してやるべき歪《ゆが》みがあれば、それを直そうと大いなる力が働く。

ユウリは、その媒体に過ぎず、ユウリが力の発動を導く灯台であるとしたら、言葉や呪文は、そこから発せられる光線であり、多少その色が違ったとしても、向こうは適当に判断してそれを頼りにやってくる。

だからであろうが、すさまじい能力を秘めているにもかかわらず、これまで、ユウリは使える呪文や呪法《じゅほう》を自分から発掘しようとしたことはない。知っている範囲でなんとかやりくりしていたし、事実、それ以上のことは望んでいないのだ。

つまり、欲とはまったく無縁のところで、ユウリはこれらのことをなしていた。

ユウリが、同じように南から手を上に動かして、唱える。

『火生《かしょう》土《ど》大吉　円満成就』

それとともにフッとその場に黄色い光が出現し、さらに真上から西に手を動かしたユウリが『土生《どしょう》金《ごん》大吉　円満成就』と唱えると、そこに真っ白い光が現れる。

最後に、『金生《ごんしょう》水《すい》大吉　円満成就』と唱え、黒い光が現れたところで、ユウリが凜《りん》と響く声で言う。

『木火土金水《きひづかみ》の神霊《かむみたま》・厳《いづ》の御霊《みたま》を幸《さきわ》えたまえ』

すると、その声に応《こた》えるように、それぞれ東西南北の方位を示して揺らいでいた青い光と赤い光と白い光と黒い光が、黄色い光を中心にサッと広がり、それとともに、その場に光の輪ができあがる。

五行《ごぎょう》の理《ことわり》のもと、海原に異空間への入り口が開けたのだ。

それを見ながら、ユウリは請願を口にする。

「比売神《ひめがみ》の結び目を持つ奇《く》しき匣《はこ》とそれを見守るために遣わされし者を、本来の主《あるじ》のもとへと返還す。早馳風《はやちかぜ》の神、取り次ぎたまえ。急々如律令《きゅうきゅうにょりつりょう》！」

宣言しながらユウリが金の小箱を放り投げると、それがきれいに弧を描いて光の輪の中心へと落ちていき、ポチャンと音を立てて沈んだ。

さらに、ユウリは、小箱を追わせる形で足下にシモンが置いてくれたウミガメの置物を両手で持ちあげて、海に投げ込む。

ボッチャン。

先ほどより重い音を立ててウミガメが波間に消えると、それを合図にしたかのように光の輪が中心に向かって収縮していき、その分輝きがどんどん増していった。

「すごい……」

つぶやきながらまばゆい光が乱反射する水面を覗《のぞ》き込《こ》んだユウリは、その下で、四肢を動かし始めたウミガメが、沈んでいく金の小箱を追って気持ちよさそうに海の底へと泳ぎ去っていく姿を見たように思う。

だが、それも束《つか》の間《ま》。

すぐに船の下の海面が目も開けていられないくらいの光で覆われてしまい、さらに、突如――。

ビュッと突風が起こって、彼らが乗る船体を大きく揺らした。

「うわっ」

油断していたユウリが足を滑らせて、よろめく。

あわや、ひっくり返ってそのまま海に落ちるかという寸前、ひらりとフロントデッキに飛び移ったシモンが、その長い腕でユウリをつかまえる。

「ユウリ！」

「シモン！」

とっさにシモンの腕にしがみついたユウリが、ホッとしたように応じる。

「――焦った。ありがとう」

「どういたしまして」

ユウリに手を貸しながらその場でバランスを取ったシモンが、まだ少し揺れている船の上から興味深そうに海面を見おろした。

「それで、無事に終わったんだね？」

「うん、終わったよ」

「いちおう、こっちもばっちり、君が小箱を投げる姿を撮ることができた」

そこで、シモンとともに後部デッキへと移ってきたユウリは、「おい」とアシュレイに声をかけられ、ドライバーシートを見あげる。

そんなユウリに、アシュレイが顎《あご》をあげて短く告げた。

「電話」

「え？」

言われてみれば、たしかに、後部デッキの椅子《いす》の上で、ユウリのスマートフォンが着信音を響かせている。

シモンが取りあげてユウリに渡し、慌てて電話に出たユウリの耳に、かすかに京訛《なま》りのある冷たい声が届く。

『比売神の用事はすんだのか？』

「――え？」

驚いたユウリが、まずは相手の素性を確認する。

「隆聖《りゅうせい》!?」

電話をかけてきたのはユウリの母方の従兄弟《いとこ》で、京都で勢力を誇っている陰陽道《おんみょうどう》宗家の跡継ぎ、幸徳井《かでい》隆聖であった。

だが、急な連絡もさることながら、ユウリがなにより驚いたのは、そのタイミングである。

今回、ユウリは日本に来ることを隆聖に知らせていない。

京都に寄る時間はなかったし、下手に連絡をして、東京でのやっかいな仕事でも頼まれたら面倒なことになると思ったからだ。

それなのに、彼はユウリが日本にいることはもとより、なにをやっているかもわかっている様子だ。

「え、なんで、隆聖？」

どうして、わかったのか。

なぜ、比売神のことまで知っているのか。

混乱し過ぎて、質問をきちんと言葉にすることすらできなかったユウリであるが、そこは、血のなせる業か、それとも持ち前の霊能力で察したか、隆聖はユウリの言いたいことを理解したうえで、すげなく告げる。

『どうでもいいが、人に調査を頼む時はもっと丁寧に頼むか、あるいは、誰かに使われないようアカウントの管理を徹底しろ』

「……アカウント？」

『ああ』

「アカウントって？」

それに、「調査」というのは、なんのことを言っているのか。

相手の言葉の意味が一つとしてわからなかったユウリであるが、常に多忙を極める隆聖は、言いたいことだけ言ってしまうと『わかったな？』と念を押すなり、あっさり電話を切ってしまった。

「え、でも、隆聖――」

呼びかけるが、あとには虚《むな》しい沈黙が返るばかりだ。

しかたなくスマートフォンを置きながら首を傾《かし》げるユウリに対し、かたわらで様子を窺《うかが》っていたシモンが気遣うように尋ねた。

「隆聖さん、どうかしたのかい?」

「ん～、それが、言っている意味がさっぱりわからなくて」

前置きしたユウリが直前の会話を話して聞かせると、「――なるほどねえ」と応じたシモンが、すぐさまドライバーシートにいるアシュレイを見あげて、「もしかして、アシュレイ」と詰問した。

「今回、早急にあの金蒔絵《きんまきえ》の小箱のことを調べるに際し、勝手にユウリのアカウントを使って隆聖さんに問い合わせをしました?」

「――え?」

シモンの言葉に驚いて顔をあげ、ユウリも一緒にアシュレイを見やれば、アシュレイはどこ吹く風で、「おかげで」と言い返す。

「すべてが速やかに運んだだろう。――まさに、早馳風の神のなせる業だ」

ユウリが唱えた神の名前を引き合いに出すアシュレイに、悪びれた様子は微塵《みじん》もない。

だが、思えば、あの時、シモンが運転する四輪駆動車の中で忙しそうにメールを打っていたアシュレイは、シモンに対し、「その道の専門家」に問い合わせをしていると話していた。

それが、まさかの幸徳井隆聖だったとは――。しかも、ユウリのアカウントを乗っ取っての所業だ。

もちろん、そこに罪悪感などいっさいない。

アシュレイにとって、ユウリのものはすべて自分のものであり、ユウリの名を騙《かた》って人に調査を依頼することなど、当然の権利くらいに思っているのだろう。

傲岸不遜《ごうがんふそん》。

傍若無人。

これぞまさに、アシュレイだ。

呆《あき》れるシモンと啞然《あぜん》としているユウリの前で、「ということで」と飄々《ひょうひょう》と告げたアシュレイが、エンジンをかけながら言う。

「用がすんだのなら、戻るぞ。――俺は腹が減った」

とたん、啞然としていたはずのユウリが反応する。

「あ、だったら、金目鯛《キンメ》の煮つけが美味《おい》しい……」

だが、言っている途中から、食い気に負けたユウリをシモンが情けなさそうな目で見おろしてきたので、そのまま声が小さくなる。

ややあって、諦《あきら》めたようにシモンが応じた。

「――まあ、たしかにお腹《なか》は空《す》いたけど」

「やっぱり？」

「それに、急がないと、夜までに東京に戻れなくなる」

「ああ、例の漆芸家《しつげいか》の人との待ち合わせ？」

それは、日本に来る前にユウリの父親から紹介された職人で、実を言えば、今回の急な旅行は、シモンの用事に付き合うという名目になっていた。

ユウリが訳知り顔でうなずき、「でも、本当に」と確認した。

「今の会社の重役室の会議テーブルを、漆塗りのものにする気？」

「うん《ウィ》」

母国語で認めたシモンが、海風に淡い金の髪をさらしつつ遠くを見つめて続ける。

「石のテーブルから漆塗りのテーブルに替えることで、少しでも彼らの心に血が通うことを願っているんだ。――まあ、そんなところから始めないといけないことが、そもそも情けない気がするけど」

「そんなことないよ」

ユウリが断言し、「きっと」と言う。

「漆がシモンの心に寄り添ってくれるし、僕も、漆の自己再生能力が、間接的にでも経営の立て直しに功を奏してくれることを願っている」

「ありがとう」

そんな会話をする間にも、風を切るようにして埠頭へと近づいた船のそばでは、カモメが高らかに鳴きながら飛びまわっていた。

あとがき

「コロナ」という言葉が異様な意味合いを帯びて人々の口にのぼるようになってから、そろそろ一年が経とうとしています。

思えば、去年の年明けには、四年に一度の祭典であるオリンピックの日本開催に心を躍らせ、夏休みの旅行や、友だちとの会食のことを和気藹々と口にしていたものです。ですが、そんな未来は、どこにもありませんでした。

私たちは、一年間、親しい人に気軽に会えず、中には、会えないまま、大事な方を亡くされてしまった人もいるでしょう。

新聞でそのような記事を読むたび、胸が痛くなりました。

戸惑い、不安に思う中、私はつくづく、未来というのはかくも儚《はかな》く、その分、今現在をきちんと生きることの大切さを学んだ気がします。

あと少し、みんなで一緒にがんばりましょう。

とまあ、このような時期ですし、能天気にあとがきを始められず、挨拶《あいさつ》がすっかり遅れましたが、こんにちは、あるいは、初めまして、篠原美季《しのはらみき》です。

『古都妖異譚　玉手箱～シール　オブ　ザ　ゴッデス～』が始まりました。

「欧州妖異譚」の最終巻のあとがきでもお知らせしたとおり、イラストに蓮川愛《はすかわあい》先生をお迎えし、装丁も新たに再々出発です。

とはいえ、初めて読む方でも十分楽しめる形になっていますし、読んだら、きっともっと彼らの物語を読みたくなることは請け合いで、「長いシリーズは読むのが大変」というよりは、「彼らの物語たくさん読めて、嬉《うれ》しい♪」となるでしょう。

ならない時は、うっちゃっといてください。悲しいけど、受けとめます（笑）。

さて、今回のシリーズでも、ユウリとシモンとアシュレイというお馴染《なじ》みの登場人物を中心に話は展開しますが、今までとは違って、他の学生時代の友人たちに代わり、新たにミッチェル・バーロウという人物を投入しました。

彼の初出は、実は『愚者たちの輪舞曲《ロンド》　欧州妖異譚24』にあり、物語の流れとは全く関係なく、名前も「ミッチ」という愛称しか出てこない、いわば、画面にちょっと映り込んだくらいの登場の仕方でしたが、もちろん、このシリーズを意識してのことです。

あの場面は、まさに、「古都妖異譚」の予告編として描かれたものでした。

もっと言ってしまえば、実は、ある物語の一場面——という設定なのですが、それを書ける日が来るかどうかは未定です。

冒頭でも言ったように、未来というのは儚いもので、ひとまず今現在書いているものをきちんと仕上げた先にしかやってきませんから♪

ということで、今回のシリーズでは、ユウリは、「ミスター・シン」の店を預かり、新たに「アルカ」という名前に改めて店主を務めますが、なにか問題が起こらない限りいてもいなくてもいい存在であれば、今後、店を離れ、シモンと一緒にどこかへ行ったり、アシュレイによって変な場所に連れ去られたり、あるいは、かつての仲間、オスカーやオニールになにか頼まれたり、古都京都にいる従兄弟《いとこ》の隆聖《りゅうせい》に呼びつけられたりして、あちこちで活躍することになるでしょう。

それに対し、ミッチェルと、投げ込みのSSに登場しただけの彼の友人である、まだ名無しの英国貴族がどうかかわってくるかが鍵《かぎ》になるわけですが、そのへんは、今後のお楽しみ――というより、今後の私の課題ですね。

また、それとは別に、現在、新しいシリーズをスタートさせる準備をしています。あくまでも予定で、予定というのは未定ではありますが、いちおう、久々に、寄宿学校を舞台にした物語を一から作りあげるつもりです。

そちらも、広告を目にすることがあれば、ぜひとも手に取って読んでみてください。

あと、今回の参考資料についてですが、執筆から時間が経っているため、漏れもあるかもしれませんが、いちおう、手元に残っていたものを頼りに挙げてみます。国会図書館まで足を運ぶ必要のあったものも含め、どれもとても興味深く拝読しました。
この掲載をもって、御礼の代わりとさせていただきます。

・『神の宝の玉手箱　六本木開館10周年記念展』　サントリー美術館
・『ものと人間の文化史67　箱』　宮内悊著　法政大学出版局
・『手箱　論文篇』　蒔絵研究会編集　駸々堂出版
・『蒔絵　漆黒と黄金の日本美』　京都国立博物館編集　淡交社
・『漆百科』　山本勝巳著　丸善
・『なぜ、日本はジャパンと呼ばれたか　漆の美学と日本のかたち』　中室勝郎著　六耀社
・『櫛の文化史』　太刀掛祐輔著　郁朋社
・『浦島太伝説の展開』　林晃平著　おうふう

最後になりましたが、麗しいイラストを描いてくださった蓮川愛先生、並びにこの本を手に取ってくださったすべての方に、多大なる感謝を捧《ささ》げます。
では、次回作でお会いできることを祈って――。

三寒四温の睦月《むつき》に

篠原美季　拝

※この物語はフィクションです。
実在するいかなる個人、団体、場所等とも一切関係ありません。

妖異譚シリーズの原点をスマホ・タブレットで一気読み！

さらに、書き下ろし
特別SS
「万年筆の行方」

文庫換算
31P
分！

＼さらにさらに／
“幻”と言われているSS
「季節はずれのセレモニー」
も同時収録

文庫換算
40P
分！

篠原美季《しのはら みき》

横浜市在住。「英国妖異譚」で講談社ホワイトハート大賞〈優秀賞〉を受賞しデビュー。大人気シリーズになる。主人公たちの成長にともない、パブリックスクールを卒業したあとは「欧州妖異譚」シリーズへと続いた。その他、講談社X文庫ホワイトハートでは、「セント・ラファエロ妖異譚」「あおやぎ亭」シリーズがある。

「ヴァチカン図書館の裏蔵書」シリーズ（新潮文庫nex）、「琥珀のRiddle」「倫敦花幻譚」シリーズ（ともに新書館）ほか著作多数。

古《こ》都《と》妖《よう》異《い》譚《たん》　玉《たま》手《て》箱《ばこ》～シール オブ ザ ゴッデス～

2021年3月3日　第1刷発行
2021年4月7日　第2刷発行

著者　篠原《しのはら》美季《みき》
発行者　鈴木章一
発行所　株式会社講談社　〒112-8001 東京都文京区音羽 2-12-21
☎ 03-5395-3506（出版）
☎ 03-5395-5817（販売）
☎ 03-5395-3615（業務）

本文データ制作　講談社デジタル製作
印刷所　豊国印刷株式会社
カバー印刷所　千代田オフセット株式会社
製本所　株式会社若林製本工場

ISBN978-4-06-522451-9
N.D.C.913 237p 19cm